Bernd Gieseking

Ja klar, ich bin schuld!

LAPPAN

Für Achim Frenz,

dem ich viel verdanke, der mich schon früh immer wieder ermutigt hat und der so letztlich auch an vielem schuld ist.

1. Auflage 2019

– Originalausgabe –

ISBN 978-3-8303-3552-8

Vorwort: Dietmar Wischmeyer

Texte: Bernd Gieseking

Lektorat: Oliver Th. Domzalski

Redaktion: Antje Haubner

Layout und Herstellung: Monika Swirski

Covergestaltung mit Verwendung einer Fotografie von Claudia Posern: Monika Swirski

Printed in Germany

FSC www.fsc.org MIX Papier aus verantwortungsvollen Quellen FSC® C014496

Triff uns auf facebook.com/lappanverlag
und auf instagram.com/lappanverlag
www.lappan.de

INHALT

DIETMAR WISCHMEYER: HIER KOMMT EIN GIESEKING

Ende der 50er-Jahre kam ein Gieseking in Nordostwestfalen auf die Erde nieder. Es war nicht der erste seiner Art, aber doch der, um den es hier gehen soll. Dieser Gieseking nämlich wars, der so ganz aus der Art schlug. Zwar erlernte er als junger Bursch noch das ehrbare Zimmerhandwerk, doch schon bald wurde ihm Westfalens Osten allzu klein, und es zog ihn ins Hessische hinein. Nun wissen alle, die schon mal in Kassel waren, dass dort Sünde und Schlendrian Asyl genießen. Was Wunder, dass es auch den jungen Gieseking hinab zog in den Mahlstrom des Verderbens. Statt sich um einen Posten bei der unteren kurhessischen Liegenschaftsverwaltung zu bemühen, damit es den Eltern im hohen Norden Ostwestfalens ein Wohlgefallen wär, widmete sich der Strolch den niederen Künsten. Er schrieb für den Rundfunk und war sich nicht mal zu schade, in billigen Kaschemmen und Opiumhöhlen den Narren zu geben. Vergessen war der liebliche Weserstrand, wo noch jeder stramme Bursch ein Mädel fand. Doch Gieseking zog es immer weiter hinab in den Sündenpfuhl des billigen Amüsements. Statt seine Aufmerksamkeit dem Höheren zu schenken, Kants Kritiken neu zu lesen oder gar das Spiel auf der Blockflöte zu erlernen, schaute Gieseking dem gemeinen Volk auf die Finger, studierte sein Verhalten und stellte sich zu Studienzwecken sogar auf eine Stufe mit Pöbel und Gammlern, Haderlumpen und Studenten. Gieseking machte sich deren Welt zu eigen und berichtete davon im Hessischen Radio, dem Westdeutschen Rundfunk, schrieb für die taz, für die Schublade, für sich selbst und manchmal auch für die Ewigkeit.

Die Giesekingsche Sicht auf die Welt zeigt uns dieses Büchlein in ihrer ganzen Fülle. Wenn Gieseking schreibt, erzählt er von sich und wie die Welt um ihn kreist. Es ist immer ein liebevoller Blick auf die anderen, nie vernichtend. Es macht großen Spaß, in der Zeit zurückzublicken und in seinen Texten sich selbst, die eigene Geschichte und die der Zeitgenossen zu entdecken.

Wer dieses Buch zur Hand nimmt, wird es so schnell nicht wieder zur Seite legen wollen.

Lieber Bernd, ich wünsche Dir viele Leser und noch mehr den Lesern viel von Dir.

Dietmar Wischmeyer

Nachtrag: Der Künstler hat auf seiner Reise durch die Zeit relativ unbeschadet Ostwestfalen wieder erreicht.

POTT FÜRS GLÜCK

Jeder Mensch hat seinen Tick. Ich sammle Kaffeetassen oder, um es ganz präzise zu sagen: Kaffeebecher. Jeden Morgen überlege ich, aus welcher Tasse, aus welchem Becher ich heute trinken will. Einer ist vom Künstler Günter Rückert gestaltet, mit einer Zeichnung des Dortmunder „U". Andere Pötte erinnern mich an Orte, die ich besucht habe. Drei Regalreihen stehen voll.

Ich habe sogar ein Porzellanexemplar, das aussieht wie ein zerdrückter Plastikbecher. Ich finde das großartig, aber sie, also die Frau in meinem Leben, meint, das sei eigentlich ein Trennungsgrund. Ich besitze offensichtlich viele Trennungsgründe. Zum Beispiel meine Mumin-Tassen aus Finnland. Manche sind dort richtig was wert. Sammlerstücke, die nur in kleinen Auflagen hergestellt werden. Ich behandle sie entsprechend vorsichtig. Vor allem meine Lieblingstasse, die in Orange, die mit den Hatifnatten!

Ich sage manchmal: „Die ist wertvoll!"

„Ja, in Finnland!", sagt sie dann. „Hier sind es Kaffeetassen! Mit sehr kindlichen Motiven!"

Aber doch nicht die mit dem Snorkfräulein! Für mich ist allerdings auch „Der Räuber Hotzenplotz" Literatur, und „Urmel aus dem Eis" halte ich kulturhistorisch für wichtiger als „Die Ästhetik des Widerstands".

Sie sagt: „Wir reden über Tassen, nicht über Kindergeschichten!"

Den Pott mit dem Aufdruck „Äktschen" findet sie besonders albern. Ich nehme den an ganz faulen Tagen zur Aufmunterung. Das hält sie nicht mehr für „kindlich", sondern für „kindisch". Ich frage sie, ob es ihr lieber sei, wenn ich eine Märklin-Eisenbahn im Wohnzimmer aufbauen würde.

Sie sagt, wenn man daraus Kaffee trinken könnte, hätte ich das sicher längst getan.

An Tagen, an denen sie mich verstehen möchte, fragt sie schon mal: „Schmeckt der Kaffee anders aus verschiedenen Tassen?"

Darauf habe ich noch nie geachtet. Sie versucht zwar, verständnisvoll zu sein, aber ich spüre, es ist eine Falle! Kaffee schmeckt immer wie Kaffee, aber ich sage das nicht!

„So wie bei deinen Rotwein- und Weißweingläsern?", setzt sie nach.

Sie weiß genau, dass es bei meinen Weinen völlig egal ist, ob ich den Weißen aus Weißweingläsern und den Roten aus Rotweingläsern trinke oder umgekehrt. Ein Freund von mir hat sogar „mundgeblasene" Weingläser mit ganz dünnem Rand, die holt er für einige Gäste gar nicht raus. Mir hat er sie auch nur gezeigt. Die Zeit reichte trotzdem, einen Kelch vom Stiel zu trennen. Ich soll jetzt meine Hausratversicherung bemühen. Bei einem Kaffeepott hätte ich das verstanden. Na ja, es war halt keine Freundschaft für die Ewigkeit.

Das gilt vielleicht auch für meine Beziehung. Wir sind jetzt auf einen Polterabend eingeladen. Sie will, dass ich mich dafür von einigen Tassen trenne. Sonst würde sie sich von mir trennen. Ich hätte ohnehin zu viel von allem, ich solle das ganze Zeug endlich wegschmeißen. Was genau sie meine, frage ich nach. Die vielen schwarzen T-Shirts. Vor allem die in M. Nicht mal in die Größe L würde ich irgendwann wieder hineinpassen. Woher sie das so genau wisse? Sie kenne mich nun lange genug. Dann schaut sie mich an. Sie lächelt plötzlich und blickt auf den Kaffeepott in ihrer Hand, der mit dem Aufdruck „Heiß und wild!". Dann streckt sie ihn seitlich von sich, fixiert mich lange und öffnet schließlich ihre Hand. Ich sehe in Zeitlupe, wie der Becher fällt.

Hoffentlich hat sie eine Hausratversicherung!

DAS DISKRIMINIERTE FAHRRAD

Ich hatte in meinem Leben mehr Autos als Fahrräder. Selten hatten die Wagen beim Kauf mehr als ein Jahr TÜV, und meistens kamen sie auch nicht wieder durch. Ein gebrauchtes neues Auto zu kaufen war oft billiger als das alte reparieren zu lassen. Es begann mit einem VW Käfer, den ersten bekam ich für 120 Mark, den nächsten für 250 Mark. Dann kam ein VW Variant, wieder ein Käfer, dann Opel Kadett, dann Karmann Ghia. Danach Opel Ascona Kombi, Ford Consul Kombi, Ford Granada Kombi, noch ein Consul, Mercedes Kombi, 5er BMW, VW Passat Kombi und inzwischen Volvo V70. Insgesamt etwa 14 bis 16 Fahrzeuge bisher, ohne die sieben Motorräder, die zwei Mofas von Zündapp und zwei Mopeds beziehungsweise „Mokicks", eine Herkules mit Sitzbank und natürlich eine Quickly.

Fahrräder hatte ich nur fünf. Derzeit fahre ich ein mintfarbenes Damenrad, eine echte „Scheese", wie wir in Ostwestfalen sagen. Ich hasse Fahrradfahren. Seit der Kindheit habe ich Gegenwind, egal in welche Richtung ich fahre. Bis heute. Auf beiden Wegen, hin und zurück! Oder die Städte sind entschieden zu hügelig, wie Kassel.

Nun liebe ich seit einiger Zeit eine Frau, die für ihr Leben gern Fahrrad fährt. Plötzlich habe ich einen Fahrradträger hinten am V70, und ich muss überall trampeln und strampeln. Um den Maschsee war ein müder Einstieg, es folgten rund ums Steinhuder Meer, der Weser-Radweg, jetzt Bodensee. Ich kam mit meinem Mint-Rad nicht mehr hinterher.

Also, dachte ich, ich bin über 50, es wird Zeit für ein neues Rad. Das sechste Fahrrad im sechsten Lebensjahrzehnt.

Ich wollte ein 28er mit mehreren Gängen. Aber so einfach ist die Welt nicht mehr. Ich geriet quasi auf eine Art Fahrrad-Catwalk.

Die einfachste Unterscheidung war noch Ketten- oder Naben-Schaltung. Ansonsten war das Angebot schlimmer als die Produktpalette von Opel. Cityräder! Urban Bikes mit „Priorität Lifestyle“. Dann Speedbikes! Die hießen früher „Rennräder“. Gravelbikes, die mal Cyclocross-Räder hießen und noch früher, ich schätze im Mesozoikum (Kreide, Jura, Trias) Querfeldeinräder. Ich fand außerdem Transporträder, Falträder, Reiseräder, Trecking-Räder, Mountain-Räder, dazu Rumsteh-Räder und Sexy-Mini-Super-Flower-Pop-Op-Räder.

Mir wollte man hier vehement ein E-Bike verkaufen. So viel Geld gebe ich noch nicht mal für ein Auto aus. Außerdem würde meine Freundin mich sofort verlassen, wenn ich mit einem E-Bike heimkäme, und ich muss ehrlich sagen – zu Recht! Ich fahre, um zu treten, nicht, um zu rollen.

Ein Rad stand unbeachtet in einer Ecke des Verkaufsraums. Das gefiel mir. „Ist aber die alte Edition!“, hieß es.

„Bin ich auch!“, sagte ich.

Ich war sofort entschieden. Was hier als das hässliche Entlein galt, würde mein neues Rad werden. Man gab mir sogar einen nicht unerheblichen Preisnachlass.

„Muss ja auch mal weg!“

Dann wurde ich vermessen. Also, ich wurde nicht übermütig, sondern man nahm Maß an mir. Maße. Der Abstand vom Sattel zum Lenker wurde gemessen, vom Lenker zum Hirn und vom Hintern zur Pedale. Dann wurde ausgerechnet und der Sattelabstand vom Arsch zum Asphalt eingestellt. Und das Schlimmste: Es passte! Eigentlich sucht man nicht mehr das Rad für den Herrn, sondern den Herrn fürs Rad. Aber es fährt sich super!

Nur mein Mintfarbenes ist schwer verstimmt und steht beleidigt in der Garage. Immer wenn ich mit dem Neuen fahren will, fehlt Luft auf den Reifen. Ich bin sicher, das Mintene lässt dem Neuen nachts heimlich die Luft ab. Kürzlich war sogar was verbogen. Ich glaube, das Erstgekaufte geht der Neuerwerbung an die Speichen! Und wenn ich, um das Neue zu holen, am Mint-Rad vorbeigehe, zischt es mir durch sein Ventil zu: „Das ist Altersdiskriminierung, du Arsch!“

FLIEGENFÄNGER

Keine Kreatur ist schwerer zu erwischen. Selbst der geduldigste Jäger auf seinem Hochsitz wird niemals so ausgetrickst vom Wild wie der Fliegenfänger von seinem summenden Flügeltier. Wobei der Jäger sich diesen frühen Morgen ja ausgesucht hat, um auf seinem Hochsitz auf das Wild zu warten. Ihm ist ganz egal, wann der junge Rehbock erscheint. Je länger er wartet, desto größer das Glücksgefühl, wenn das Tier sich dann zeigt und er seine Flinte anlegen kann.

Ich höre das Summen. Ich liege im Bett. Auf mir ist Nachtlandeverbot, aber es wird mal wieder komplett umgangen. Stete Starts und Landungen seit dem Morgengrauen. Dabei bin ich müde. Ich will schlafen, tief und fest. Ich will nicht jagen. Aber neben mir flüstert eben auch sie aus einem viel zu leichten Schlaf heraus: „Da ist eine Fliege ...“

Ja, weiß ich. Und ich weiß auch, was nun zu tun ist. Ja, ich bin der Jäger, das hier ist meine Pflicht. Sie ist die Sammlerin, sie webt die Kleidung und fegt das Haus. Ihre Aufgaben sind andere im Leben. Die Fliege töten muss ich.

Die Morgendämmerung im Zimmer verheißt eigentlich gute Jagdbedingungen. Aber mein Gegner ist trotzdem im Vorteil. Erstens: Sie, die Fliege, ist wach. Ich bin schläfrig. Zweitens: ihre Facettenaugen! Mit ungefähr 3000 Ommatidien. Einzelaugen! Wenn ich, der Jäger, wenn wir Menschen so schnell und so viel sehen wollten wie eine Fliege, müsste unser Auge einen Durchmesser von einem Meter haben.

„Die Fliege ist immer noch da!“, höre ich.

Ich hole ein Handtuch aus dem Bad. Ich bin siegesgewiss. Mein Killerinstinkt weiß: Ich werde nur diesen einen Streich brauchen. Aber ich erwische mit diesem ersten Streich leider das Bein der Liebsten statt die Fliege. Ihr überraschter Schrei durchschneidet den frühen Morgen wie das Messer die Käsetorte. Wie gut, dass ich nicht mit scharfer Munition unterwegs bin.

Noch vor Minuten, als sich das Drama anbahnte, flog die Fliege geduldig ihre Runden durchs Zimmer, setzte sich hier senkrecht auf die Tapete, dort waagerecht auf die Bettdecke, aber eben auch auf sämtliche sichtbaren Teile von uns Schläfern. Oft saß sie nur kurz, trippelte dann und wann, verhielt und trippelte erneut. Erhob sich wieder, um unbestimmte Zeit später abermals zu landen und zu trippeln.

Eigentlich müssten wir Menschen uns gar nicht an ihr stören. Sie, die Fliege, saugt nicht an uns wie das Mückenweibchen, sie sticht nicht wie Wespe und Bremse. Aber sie nervt! Sie piesackt! Sie macht dich wahnsinnig! Unser Gehirn ist normalerweise ein sehr kluges, ich will nicht sagen ideales, aber doch gut funktionierendes Gerät. Es warnt uns vor Gefahren, nimmt aber gleichzeitig täglich, im Grunde sekündlich, Millionen Dinge mehr wahr als es uns meldet. Das Gehirn sortiert die Informationen - die wichtigen ins Bewusstsein, der Rest wird einfach nicht weitergeleitet. Der landet quasi im Spam-Ordner.

Aber ausgerechnet die Fliegentrippelei, von der keinerlei Bedrohung ausgeht, auf mir, auf den feinen Härchen am Unterarm oder oberhalb der Stirn, die meldet mein Gehirn meinem Bewusstsein? Wenn jetzt ein Löwe sich anpirschte, ja! Bitte sofortige Meldung. Wenn ein hirnloser Audi-Fahrer mal wieder die Zebrastreifen ignoriert, wie gestern, als ich gerade noch beiseite springen konnte, ja! Aber warum meldet mein Gehirn mir eine Fliege?! Könnte es mich nicht in Ruhe lassen damit? Aber will ich jetzt am Ende noch meinem

Gehirn die Schuld geben an der Fliegennerverei? Wer hat denn angefangen? Das war doch sie!

Neben mir flüstert eine müde Stimme vorwurfsvoll: „Hast du sie immer noch nicht?“

OSTERN BEI URSULAS PFERDEN

Es gibt grauselige Tage im Jahresrund. Dazu gehören Weihnachten, Rosenmontag und Ostern. Ich habe eine gute Freundin, Susanne, die sich vor diesen Tagen genauso fürchtet wie ich. Sie stammt aus Hannover.

„Ich muss da Ostern hin. Zu meiner Familie", hatte sie gestöhnt.

„Ich auch!"

„Nee, du musst ja zu deiner", argumentierte sie zielgenau. Kein Wunder. Sie arbeitet an einer veritablen Universität. Ich hingegen habe ja nur an einer Gesamthochschule studiert. Neulich erst sagte meine Mutter: „Ob du das damals wirklich fertig gemacht hast, weiß ich ja auch nicht. Du hast uns ja nie dein Zeugnis gezeigt!"

Zu dieser Mutter sollte ich jetzt unter den Osterbusch nach Ostwestfalen.

„Meine Familie geht mir so was von auf den Geist!", sagte Susanne.

„Meine erst."

„Kannst du nicht für mich gehen?", fragte sie.

„Ich muss doch schon zu meiner!", sagte ich.

„Ich habe aber von meinem Geburtstag noch diesen Gutschein von dir. Für einen Wunsch."

„Scheiße! Stimmt!", entfuhr es mir. „Und was wünscht du dir?"

„Na, dass du zu meiner Familie gehst, für mich."

„Mit dir? Zu deiner Familie?"

„Nein, anstelle von mir!"

„Und wer geht dann zu meiner?", fragte ich.

„Das mache ich dann!"

„Und wie wollen wir das erklären?"

„Gar nicht, wir machen das einfach. In Vertretung."

„Du bist verrückt!"

„Gutschein!!!", sagte sie freudestrahlend, mit kieksender Stimme!

„Mist!", fluchte ich.

Am Ostermontag fuhr ich nach Hannover, Abfahrt Lehrte. Das Navi brachte mich zu Regina und Jens. Regina ist Susannes Schwester. Regina hat zwei Kinder, Laura, sechs Jahre alt, und Paul, vier. Zu denen würde heute der Osterhase kommen.

Bei Regina war der Tisch gedeckt für ihre Mutter Erika, die Schwiegereltern Kurt und Margret und die zwei Kinder. Tante Trude war auch da. Ich wusste genau, wer wer war. Susanne hatte mich vorbereitet. Wir hatten uns nicht mehr treffen können, aber sie hatte von allen Bilder gemailt. Ich wusste jetzt, wer die da waren. Ich wusste mehr über sie als sie selber über sich!

Ich hielt kurz am Ortseingangsschild. Durchatmen! Ich war nervös. Allein zu Fremden! Ich öffnete das Fenster. Ein kräftiges Land-Odeur zog in meinen vollklimatisierten Kombi.

„Mist, was mache ich hier?", dachte ich. „So eine bekloppte Idee von Susanne."

Im nächsten Moment dachte ich: „Mist, was stinkt hier so?"

In 30 Meter Luftlinie lag der erste Misthaufen dieser niedersächsischen Dorfidylle. Ich ergab mich in mein Schicksal, jetzt war der Gestank im Auto. Ich nahm mir noch mal die Ausdrucke und memorierte Namen und Gesichter von Susannes Verwandtschaft.

Ich fuhr die letzten 500 Meter, die Klimaanlage lief auf Hochtouren, der Gestank blieb. Ich parkte und ging, leicht nervös, durch den Garten zur Veranda. Dort saßen sie im ostermontagmorgendlichen Sonnenschein.

Ich peilte zum nächsten Misthaufen. 200 Meter entfernt, aber er roch, als hätte ich direkt daneben geparkt. Die Familie am Verandatisch schien sich heimisch zu fühlen.

Ich dachte: „Wenn man hier wohnt, kennt man es ja nicht anders."

Dann schaute ich mich um. Alle waren in aufgeräumter Stimmung. Ein Stuhl war frei. Der für Susanne. Mein Platz. Jeder hatte ein Glas Sekt vor sich, die Kinder Saft. Nur Tante Trude trank, Susanne hatte mich vorbereitet, einen Guten-Morgen-Grog, obwohl es heiß war. Tante Trude war die Tante der Schwiegermutter, und diese Schwiegermutter schüttete ihr soeben Rum ein und goss mit heißem Wasser auf. Tante Trude war 91. Dem Grog sei Dank.

„Gegen die Kälte", sagte Tante Trude jetzt und hielt das Glas hoch. Die anderen erhoben ihre Sektgläser.

„Guter Moment", dachte ich. Bisher hatte niemand Notiz von mir genommen.

Ich räusperte mich: „Moin. Frohe Ostern. Ich bin Bernd. Prost, Tante Trude."

Acht Köpfe ruckten zu mir. Sekt schwappte aus Gläsern. Nur in Tante Trudes Grogglas kräuselte nicht einmal die Oberfläche. Acht Augenpaare starrten mich an.

Ich zählte im Stillen: „Einundzwanzig, zweiundzwanzig, dreiundzwan..."

„Wer ist das?", fragte Schwiegermutter Magret ihre Schwiegertochter und sah sie dabei so erwartungs- wie vorwurfsvoll an.

„Weiß nicht", sagte die und fragte ihren Mann: „Kennst du den?"

Jens schüttelte den Kopf.

Stille.

In diesem Moment zerriss ein Furz von immenser Lautstärke die Stille.

Fragend schaute ich in die Runde.

„Die Pferde“, sagte Regina zu mir. „Die Pferde furzen.“

„Ah“, sagte ich. „Die Pferde!“

Hier im Ort, erfuhr ich später, leben mehr Pferde als Menschen. Drei Pferde standen etwa 30 Meter entfernt auf der Weide. Ich überlegte, ob der Gestank eines Pferdefurzes den Misthaufen übertönen würde. Übertönen? Überduften? Überdecken? Wie vergleicht man Düfte? Was ist da das richtige Vokabular?

Während ich noch in dieses Problem vertieft war, hatte die Runde sich weiter mit mir auseinandergesetzt.

„Äh, Sie haben sich sicher vertan“, sagte Kurt, der Schwiegervater. „Wir kennen Sie nicht! Sie gehören hier gar nicht hin.“

Ich dachte kurz: So fühlen sich also Zugereiste bei der Begrüßung.

Dann sagte ich: „Nee, ich bin für Susanne da. Die will ni... – die kann nicht. Die kann heute nicht. Deshalb bin ich da. Schönen Gruß an alle.“

Ich holte einen Blumenstrauß hinter dem Rücken hervor. „Für die Hausherrin. Regina. Richtig?“

„Blumen? Für mich?“ Susannes Schwester stutzte. Dann sah sie ihren Mann an. „Die ersten Blumen seit zwei Jahren! An so was denkst du nie!“

Oh, dachte ich, das könnte jetzt schwierig werden mit ihm. Jens aber stand auf, reichte mir die Hand und sagte: „Danke! Besser die Blumen sind von dir, als dass sie gar keine Blumen kriegt! Setz dich.“

Ich setzte mich. Ein Pferd furzte. Die Kinder lachten, und Laura flüsterte: „Schon wieder! Das Pferd pupst.“

„Gehört übrigens Frau von der Leyen“, sagte Jens.

„Wer?“, fragte ich.

„Das Pferd, das da furzt. Die reitet hier immer. Die hat ihre Pferde hier im Dorf.“

So nah war ich Frau von der Leyen noch nie gekommen. Jetzt kannte ich immerhin schon ihre Pferde. „Die armen Personenschützer“, sagte ich, „wenn dauernd ihr Pferd pupst.“

Jens und Regina mussten lachen. Ich nahm Platz auf dem freien Stuhl und blinzelte den Kindern zu. Und Tante Trude. Sie blinzelten zurück.

„Hören Sie, junger Mann ...“ Der Schwiegervater setzte zu einer längeren, abweisenden Rede an.

„Bernd. Bernd und Du“, schlug ich vor.

„Kurt“, sagte er perplex.

„Sekt?“, fragte Regina.

„Gerne“, sagte ich.

„So viele Menschen“, sagte Tante Trude, die sonst allein lebt. Sie hob ihr Grogglas und prostete mir zu.

„Gegen die Kälte!“, rief sie fröhlich.

Ich prostete zurück.

Wir hörten wieder das Geräusch. Erneut in einer Lautstärke, als führe ein LKW am Haus vorbei. Aber nun wusste ich Bescheid. Ich erklärte der weiter mich konsterniert anstarrenden Schwiegermutter: „Ursulas Pferde. Sie furzen.“

„Nu sag doch mal was!“, sagte Schwiegermutter Margret zu ihrem Mann. „Der kann sich doch nicht einfach hier so hinsetzen.“

„Butter?“, fragte mich Regina. Zu ihrer Schwiegermutter sagte sie: „Wenn er doch ein Freund von Susanne ist!“

„Ich finde den nett“, sagte Laura, die Tochter.

Tante Trude goss sich Rum nach und winkte mir mit der Flasche. „Ist Ihnen nicht auch kalt, junger Mann?“

„Wer bist du?“, fragte der kleine Paul.

„Ich bin der bärtige Bernd, letzte Woche war ich ein Ritter, gestern war ich Pirat, heute bin ich dein stellvertretender Oster-Onkel."

Laura und Paul kugelten sich.

„Kennst du den Osterhasen?"

„Ja, ich habe schon drei Wettrennen gegen ihn verloren!"

Laura flüsterte: „Echt?"

Ich flüsterte zurück: „Ja, weil ich nicht genügend Zeit hatte zum Trainieren. Ich brauche nämlich meine ganze Zeit, um einen Geruchsschirm gegen Pferdefürze zu entwickeln."

Die Kinder kugelten sich wieder. Die Schwiegermutter sah mich an, als hätte *ich* die Blähungen.

„Machen Sie mich nicht verantwortlich für Ursulas Pferde", sagte ich und setzte nach: „Aber die Kinder, die müssen das hier jeden Tag aushalten."

„Sie kennen die Frau doch gar nicht!", sagte Schwiegermutter Margret streng zu mir.

„Kann ich noch heißes Wasser haben?", fragte Tante Trude. Rum hatte sie sich selber eingegossen. Sie portionierte anders als Schwiegermutter Margret.

„Gegen die Kälte!", sagte Tante Trude wieder, hob erneut ihr Glas und lächelte fröhlich in die Runde. Mir nickte sie aufmunternd zu.

Ich prostete zurück. 91 Jahre!

„Ursula und ich sind immerhin derselbe Jahrgang, Frau Käßmann übrigens auch. Madonna aber auch", antwortete ich Margret.

„Das hätte ich nicht gedacht!", sagte Erika.

„Danke", sagte ich und grinste.

„Aber Ursulas Pferdefürze sind tatsächlich schon ein Fall für das Bundesumweltministerium. Man kann doch als Verteidigungsministerin nicht mit so einem blähenden Pferd ausreiten. Obwohl, irgendwie ist ein Furz auch eine sehr pazifistische Waffe."

„Bitte keine Politik mit meiner Frau, junger Mann", sagte Kurt. „Das geht nicht gut."

„Bernd und Du", sagte ich freundlich.

Wieder zerriss das Geräusch die kurze Stille, diesmal eher abgehackte Töne, ein leichtes Staccato.

„Das Pferd versucht eine Melodie", erklärte ich den Kindern. „Ich weiß aber nicht, ob das Pferd das hinkriegt."

Susannes Mutter Erika fasste mich nun streng ins Auge. „Wo ist meine Tochter?"

Ich sah sie an: „Die ist bei meinen Eltern."

Ihre Züge entglitten nur leicht: „Wieso das denn?"

„Na ja, ich kann ja nicht einfach an Ostern zu fremden Menschen gehen und dafür meine Eltern alleine lassen."

Sie dachte kurz nach, dann nickte sie verständnisvoll. „Das ist aber nett von meiner Susanne, dass sie Ihnen da raushilft."

„Finde ich auch. Bernd und Du übrigens."

„Erika."

„Erika, du siehst toll aus. Ist das deine Schwester?" Ich nickte zu Regina.

Erika wurde rot. „Sie Charmeur!"

„Du, bitte!"

Erneut furzte ein Pferd. Laura rief: „Ursulas Pferd pupst wieder!"

Schwiegermutter Margret sah ihre Enkelin streng an: „Du kennst die doch gar nicht!"

Tante Trude fragte: „Ist noch Rum da?"

Schwiegermutter Margret sagte jetzt nachdenklich: „Vielleicht keine schlechte Idee, mit dem Geruchsschirm. Schon wegen der vielen Misthaufen im Ort. Das ist sogar eine gute Idee, junger Ma..."

Ich unterbrach sie mit Handzeichen.

„Ja, ich weiß. Bernd!“, sagte sie. „Ich bin die Margret!“

Wir stießen an.

„So viele Menschen“, sagte Tante Trude versonnen und glücklich.

Kurt fragte: „Woher, sagten Sie, kennen Sie Susanne?“

Der kleine Paul sagte: „Das Pferd soll noch mal ein Lied pupsen.“

Später kam noch der Osterhase vorbei, ich verlor mein viertes Laufduell, und an Pfingsten bin ich wieder mit den acht verabredet. Wir werden dann erstmals meinen Geruchsschirm ausprobieren. Ich hab das versprochen. Susanne? Die fährt da mit meinen Eltern an die Nordsee.

HIGH FIVE ODER ABKLATSCHER

Rund um mich herum werden alle älter, sogar ich, aber ich stehe wenigstens dazu. Gleichzeitig nimmt allerdings die Jugendlichkeit vieler Freunde in beängstigendem Maße zu. In Gesten und Worten wollen alle mindestens so hip sein wie ihre Kinder, die in zwei Monaten aus Neuseeland zurückkommen. In dieser Zeit ohne Kind muss irgendwas passiert sein. Eltern regredieren zu Jugendlichen. Sobald es irgendetwas Schönes zu beweihräuchern gibt, heißt es: „Komm, schlag ein!“ Und eine Hand wird für „*high five*“ hochgerissen. Ich dagegen vermisse den guten alten Handschlag als Gratulations- und Begrüßungsformel. Für alles andere bleibt meine Faust in der Tasche. Aber selbst engste Freunde sitzen mitten in Dortmund in der „Porree-Bar“, einer der schönsten Gartenkneipen der Welt, und klatschen sich ab, sobald der BVB ein Tor geschossen hat. Westfalen on Dope.

Vor Jahren begann das mit dem Kollegen Mark-Stefan, ein sonst sehr sympathischer Mann, Westfale aus Münster, also kein richtiger Westfale, sondern durch runde Brille und Locken einem jungen Roger Daltrey gleich, mit stetem Surfer-Lächeln bewaffnet. Der rief plötzlich: „Komm – *fistbump*!“ Dabei rammt man vorsichtig die geschlossenen rechten Fäuste gegeneinander. Damit es nicht wehtut. Damals meinte er das noch im höchsten Maße ironisch. Heute hat der *fistbump* einen eigenen Wikipedia-Eintrag! Traf man Mark-Stefan, so parodierte man als Grüßender mit ihm im *fistbump* die Gesten großer Amerikaner wie Michele und Barack Obama. Aber der „*fb*“ und amerikanische Blockbuster wie *Top Gun* hatten grußkulturevolutionsmäßig einen verheerenden Einfluss auf die Welt und besonders Deutschland, wo wir ja ohnehin gern alles nehmen, was über den Atlantik kommt: Burger, Bacon und Bob Dylan, Baseball, Basketball und so weiter.

Die Amerikaner haben speziell im Basketball eine Vielzahl von „*bump-shake*"-Variationen entwickelt. In keiner anderen Ballsportart werden derart viele Punkte erzielt, die zu bejubeln sind. Hier sind die Körbe, was im Fußball die Tore sind. Für einen Korb gibt es bis zu drei Punkte, die dann gefeiert werden mit Abklatschern aller Art. Diese Rituale hätten beim Basketball bleiben sollen. Solche Glückwunschvarianten sind im Land von Rumpelfußball weder nötig noch möglich, wo Spiele auch mal ganz „ zu null" ausgehen und wo ein 4:3 schon als sensationell torreiches Spiel gilt. Nur Handball zeigt, ab welcher Torfrequenz auch in Deutschland Spaß, Eleganz und Athletik beginnen. Im Handball darf man sich von mir aus nach dem Torerfolg auch abklatschen. Mehr Zeit bleibt gar nicht bis zum nächsten gegnerischen Angriff. Da ist kein Raum für Rudelbildung, Schiedsrichterbelagerung, Haufensprung, Salto, Trikotwitze oder Batman- und Robin-Masken, wie sie im Fußball üblich sind. Ich aber habe Zeit, nichts treibt mich, und ich treibe niemand und will deshalb weiterhin ganz oldschoolmäßig mit Handschlag gegrüßt und beglückwünscht werden!

Für einen Mathematik-Hasser wie mich ist das Grüßen mit „hoch fünf" zur Tortur geworden. Überall strecken sich Hände hoch und wollen freudig geschlagen werden. Selbst von engsten Freunden und sogar in West- und Ostwestfalen, wo man es sonst ruhiger und wesentlich distanzierter angehen lässt als im Süden der Republik. Ganz albern wird es, wenn aus dem lässigen englischen „gimm'e five" das steife deutsche „Gib mir fünf!" wird. „Gib mir fünf!" kann niemals ironisch gemeint sein. Es dampft nach Kartoffeln, Sauerkraut und Braten. Wobei: Nichts gegen Sauerkraut.

Im Internet kursieren Videos über das richtige Grüßen, *high-five* und *low-five* (der Arm hängt im 45-Grad-Winkel herunter, die Handfläche nach oben) oder *drive-by-five* (im Vorübergehen). Außerdem gibt es den *soft punch,* den *double five* und andere mehr. Das einzige akzeptable *high five* in Deutschland ist für mich, wenn meine Eltern unter Absingen alter Handwerkslieder den traditionellen Zimmermannsklatsch zelebrieren.

Aber die Zeiten sind gegen mich. „Handhygiene" ist gefragt, denn die Grippewelle rollt. Beim *fistbump* werden 90 % weniger Bakterien übertragen als beim Handschlag. Beim *high five* sind es immer noch 50 % weniger. Aber diese eingesparten 50 % fliegen dann als freie Radikale durch die Gegend wie die Schweißtropfen von Rocky nach einem harten Treffer. It's raining Grippe, auch beim *high five.*

TIERISCHES AN DER OSTSEE

Ostsee. Kein Tidenhub. Kein Schlick, trotzdem Wattwürmer, wie wir im frühmorgendlich klaren, noch von keiner Welle gekräuselten Wasser deutlich sehen können. Drei Nächte Hohwacht. Kurz vor Fehmarn links. Hier, am Strand vor dem „Genueser Schiff“, ist es fast ein wenig mondän, wenn nicht sogar dekadent: Wir bekommen das Frühstück im Strandkorb serviert. Wenn ich was bestellen möchte, muss ich nur das kleine Fähnchen rechts oben am Korb „hissen“, und schon kommt Inga, die Morgengöttin der Ostseeküste, und fragt die Meine und mich nach unseren Wünschen. Wir leisten uns das nur für diese drei Tage, aber immerhin.

Wir schwimmen früh und frühstücken dann, während drüben am Strandweg der hiesige „Strandmaler“ Wolfgang Ohlhaver seine zumindest in Hohwacht legendären „Kuh-Bilder“ aufbaut. Er gehört quasi zum Inventar. Großformatige Tierbilder, meistens Kühe, aber auch Esel, Hühner, sogar Schollen warten auf Käufer. Manche Tiere kann man hier also auf dem Teller bestellen und sie dazu zu Hause an die Wand hängen.

Im Strandkorb neben uns wird jeden Morgen dasselbe Schauspiel geboten. Ein Familiendrama. Was für sie möglicherweise ein Ferienidyll ist, empfinden wir als Zumutung, fast eine Tätlichkeit, vor allem im Gehörgang, denn wir müssen sie hören. Sie sind zu laut, als dass man weghören könnte. Dabei kamen sie nach uns an diesen Platz! Wir saßen schon hier. Aber jeden Morgen finden sie stets und zuverlässig direkt neben uns den letzten freien Strandkorb.

Sie sind zu viert, Vater, Sohn, Tochter und Mutter. Dirk, Max und Anna, die „Prinzessin“. Die Mutter hat keinen Namen, sie braucht auch keinen, sie ist ja die Mama. Niemand spricht sie an, drei Tage lang, auch nicht ihr Mann. Die Tochter spricht nicht, sie keift. Die Mutter nennt sie trotzdem weiter „Prinzessin".

Wir diskutieren. Die Meine schlägt vor, dass wir die Mutter darauf hinweisen sollten, dass ein Mädchen, das man Prinzessin nennt, sich sehr leicht auch für eine halten könnte und sich am Ende vielleicht sogar wie eine benimmt.

Papa findet seine Prinzessin toll. Max sagt nichts mehr ab dem Augenblick, in dem seine Schwester endlich zum Frühstücken eintrifft. Obwohl die ohnehin mit niemandem aus der Familie reden will. Sie hat ja ein Handy. Die Mutter versucht nun jeden Morgen erneut, mit ihrer Prinzessin ins Gespräch zu kommen, bleibt aber auf alles ohne Antwort. Die Mutter kommt in den drei Tagen nicht über den Status „Schweinehirt" hinaus.

Ich erwische mich kurz bei dem Gedanken: „Wenn das meine Tochter wäre!" Ich habe keine Tochter und bekomme hier gezeigt, dass das auch ganz gut sein kann.

Heute. Tag drei. Höhepunkt der Hafenrundfahrt. Ein Paar mit Hund kommt vorbei. Und löst bei der Prinzessin sofort den klassischen Kinderreflex aus: „So einen will ich auch!"

Man sollte meinen, diese Tochter sei über das Alter schon hinaus. Nein, sie betritt es wohl soeben, aber mit aller Raffinesse der heutigen Jugend. Sie googelt augenblicklich Rasse und Risthöhe des Tieres. Und überraschend spricht sie!

„Der passt gut in mein Zimmer, der kann unter dem Schreibtisch schlafen."

Jetzt kommt Mamas Stunde: „Nein! Dann müssen wir uns um deinen Hund kümmern."

„Müsst ihr gar nicht!"

Ich frage mich sofort, wer dort im Haus wohl Tochters Wäsche macht, also wäscht, trocknet, bügelt, faltet und verräumt.

Die Mutter argumentiert anders: „Aber in drei Jahren hast du Abi und bist aus dem Haus."

Jetzt kommt etwas, mit dem wir nicht gerechnet haben: „Prinzessin" googelt die Lebenserwartung ihres künftigen Lieblings.

„Der wird acht Jahre alt. Dann bleib ich eben bis 24 bei euch."

Mutter folgert: „Also bis der Hund stirbt?"

„Genau."

Das scheint mindestens eine Kränkung für Mama zu sein, wenn nicht gar eine Drohung.

„Du kannst doch nicht bei uns bleiben wegen einem Hund."

„Irgendeinen Grund brauch ich doch!"

Papa, also Dirk, nickt. Ich glaube nicht, dass Dirk seiner Prinzessin oder sich selbst die Wäsche wäscht.

Dann sagt „Prinzessin" in die Stille: „Aber keine Sorge, ich bleibe, bis ich 27 bin."

Die Tierwelt rundum erschrickt bei diesem Satz. Und ich schwöre: In dieser Sekunde kackt ein Spatz auf Ohlhavers Esel-Porträt. Mitten ins Weiße!

HELMUT SCHMIDT RUFT AN

Ich saß zu Hause, die Glotze lief. Ich hab durchgeschaltet. Flasche Wein. War nicht die erste. Da klingelte mein Telefon.

Ich ging ran: „Tach auch, hier ist Bernd."

Ich hörte nur Husten.

Ich fragte: „Wer bist du denn?"

Dann diese hanseatische Stimme: „Junger Freund, ich wüsste nicht, dass wir uns duzen!"

Ich sagte: „Oha! Wer sind Sie denn?"

Darauf die Stimme, nach kurzem Husten: „Na, der Chef."

Und ich: „Wie? Der Chef? Von was?"

Generös antwortete er: „Lieber Freund, von allem."

Ich sagte: „Gott? Wir duzen uns doch."

Darauf die Stimme: „Sagen wir, sein Stellvertreter auf Erden."

Und da hab ich ihn erkannt! Ich sagte: „Helmut Schmidt?"

Und er: „Stimmt!"

Ich sagte: „Ich denke, Sie sind tot."

Und er: „Ja, schon, aber nur auf der Erde."

„Herr Schmidt, gibt es da oben keine Kompetenzschwierigkeiten zwischen Ihnen und Gott?"

„Junger Freund, was meinen Sie, warum er mich so lange da unten gelassen hat!"

Ich sagte: „Jetzt haben Sie alle wiedergetroffen! Wehner! Brandt!"

Und er: „Der Brandt ist alt geworden!"

„Und Ihre Frau!"

„Ja, die Loki, die kümmert sich hier auch wieder um die Blumen. Bevor die Loki ankam, stand da nicht mal 'ne Vase. Gott hat zwar die Erde erschaffen, aber er hat keinen grünen Daumen. Jetzt sind überall Topfpflanzen."

Ich sagte: „Donnerwetter."

„Ja! Und Petrus muss die alle gießen! Der ist schon sauer deswegen. Ich hab ihm gesagt: Junger Freund, das ist jetzt die späte Strafe für die Sturmflut von Hamburg. Hat aber keinen Humor, der Petrus. Versteht keinen Spaß."

„Äh, sagen Sie, dürfen Sie rauchen da oben?"

Und er: „Warum huste ich wohl?"

Ich war perplex: „Offenes Feuer ist erlaubt?"

Darauf Schmidt: „Die Hölle ist hier näher, als Sie denken!"

„Übrigens", sagt er plötzlich, „Danke, dass Sie mich gewählt haben. 1980."

„Herr Schmidt, woher wissen Sie das?!"

Und er: „Das steht hier in den Büchern!"

„Gott führt Buch?"

Und Schmidt: „Excel-Tabellen!"

Ich sagte: „Und Ihr Nachfolger? Wie gefällt Ihnen der?"

Darauf Schmidt: „Die Merkel ist der beste Kanzler, den die SPD je hatte!"

Ich musste lachen: „Herr Schmidt, waren Sie selber wirklich ein Sozialdemokrat?"

Er fragte zurück: „Ist Frau Merkel denn eine Christdemokratin?"

„Herr Schmidt, man beantwortet eine Frage nicht mit einer Gegenfrage."

Darauf er: „Seien Sie stolz, dass Sie der letzte Mensch sind, mit dem ich rede."

Ich sagte: „Na ja, Sie haben mich angerufen!"

„Da muss ich mich verwählt haben."

Ich sagte: „Das dachte ich damals auch."

Da lachte er: „Späte Erkenntnis, aber besser spät als nie."

„Herr Schmidt, es war mir eine Ehre."

Darauf er: „Da kann ich Ihnen nur beipflichten!"

Und dann hat er aufgelegt!

ZU ALT FÜR DIESE WELT

Ich hatte vor kurzem irgendeinen runden Geburtstag, welcher ist jetzt mal egal, und ich dachte eigentlich, der hätte keine besonderen Auswirkungen auf mein Leben. Es scheint aber anders zu sein.

Es begann kurz vor diesem Geburtstag.

Es ist ein Phänomen unserer Tage, dass Tramper inzwischen genauso selten sind wie Punker. Neulich aber stand ein Punk an der Straße und hielt den Daumen raus. Ich stoppte.

Er sagte: „Cool, dass Sie mich mitnehmen."

Ich sagte: „Du musst mich nicht siezen."

Er sagte: „Oh, entschuldigen Sie bitte!"

Das ist nicht mein einziges Erlebnis. In einer wunderschönen Stadt, in der ich lange wohnte und immer noch häufig bin, hatte ich kürzlich einen freien Abend und ging ins Kino. Ein Kino, bei dem ich das Gefühl habe: „Das ist mein Kino!" Ein Szene-Kino. Alternativ und trotzdem technisch top! Sogar Dennis Hopper war hier schon mal zu Gast. Es wird von Freunden betrieben, an der Eröffnung habe ich seinerzeit mitgewirkt, und wenn die Kollegen da sind, muss ich nicht mal Eintritt zahlen, obwohl ich dort sehr gerne Eintritt zahle. Manchmal sind da aber auch Mitarbeiterinnen, die ich nicht kenne, Studentinnen meist. Diese kannte ich nicht. Vielleicht sagte ich etwas zu selbstverständlich: „Ich müsste mal ins Kino."

Sie schwieg.

„Kino", sagte ich. „Ich würde gern den Film sehen."

Sie holte kurz und tief Luft und sagte sehr, sehr streng: „Ich möchte von Ihnen gesiezt werden. Ich kenne Sie überhaupt nicht."

Na ja, ich kannte sie ja auch nicht, aber mir war das eigentlich egal. Ich wollte noch nie von irgendjemandem unbedingt gesiezt werden. Ich stamme aus dem Du-Zeitalter.

Ihr Satz hallte in mir nach: „Ich möchte von Ihnen gesiezt werden." Sie erinnerte mich plötzlich an Tante Hannelore. Die hatte auch diesen strengen Tonfall, wobei ich Tante Hannelore noch nie siezen musste.

Ich war perplex. Das kannte ich so nicht. Schon gar nicht in „meinem" Kino, aber für sie gehörte ich scheinbar zu den unangenehmen Duzern aus der Alte-Säcke-Abteilung.

Hatte ich überhaupt „du" gesagt? Ich konnte mich gar nicht erinnern in meiner Perplexität. Egal!

„Na ja," sagte ich diplomatisch, „wir haben wohl ein Missverständnis. Wenn ich da was gemacht oder gesagt hab, das blöd war für SIE, dann bitte ich SIE um Entschuldigung."

Ich war bereit, viel dafür zu tun, um endlich diesen Film sehen zu können. Da, wo ich jetzt wohne, laufen solche Filme gar nicht.

Sie schaute mir streng in die Augen: „Ich nehme Ihre Entschuldigung an!"

Zum Ticket noch ein Bier zu kaufen, wäre jetzt eine unnötige Provokation gewesen. Ich saß im Kino und zermarterte mir den ganzen Film über das Hirn, was ich gesagt haben könnte. Als Mackie Messer dann im Knast saß, fiel mir ein, dass ich vielleicht, weil ich vor dem Film noch kurz telefonieren wollte, vor dem Kartenkauf eventuell gefragt hatte: „Sag mal, wie lang ist die Werbung?"

Wegen dem Satz wollte sie gesiezt werden? War das jetzt schon #metoo gewesen oder die zunehmende allgemeine Verspießerung derer unter 30?

Nach dem Film ging ich nach Hause und kam an einer „Bierkathe" vorbei. Ich blickte durstig durch das Schaufenster und sah mich darin gespiegelt. Für diesen Laden, das sah ich in der Spiegelung, war ich viel zu wenig tätowiert, mein Bart war zu kurz und mein Alter entschieden zu hoch. Ich bin zu alt für diese Welt.

DER GEMEINE GAFFER - EINE KLASSIFIZIERUNG

Der gemeine Gaffer, auf Latein *spectator miseriae*, aber auch Plural *spectatores miseriae*, denn meistens kommen sie in Gruppen vor. Wörtlich übersetzt: die das Unglück betrachten.

Was den *spectator miseriae* auszeichnet, ist sein ausgeprägtes Interesse am Unglück. Dabei ist der Gaffer ein echter Humanist, denn mehr noch als für das Unglück interessiert er sich für die Verunglückten. Dabei ist ihm der Mensch wichtiger als jedes Tier. Eine Giraffe, die im Zoo in den Wassergraben gerutscht ist, lockt kaum einen ernsthaften Gaffer herbei. Bei Auffahrunfällen aber machen sie sich in Scharen auf den Weg.

Der gemeine Gaffer an sich muss äußerst flexibel sein, denn letztlich weiß man nie, wann und wo sich das Unglück ereignet. Und meistens bekommt man gar nicht so schnell Urlaub, wie das Drama passiert. Als Gaffer muss man aber genauso bereit sein, auch mal abrupt und spontan zu halten.

Routinierte, erfahrene *spectatores miseriae* wissen: Der Unfall lässt sich oft am besten aus dem Gegenverkehr heraus beobachten. Das allerdings ist logistisch nicht einfach. Der Gaffer muss, wenn er die Staumeldung gehört hat, die Stelle verkehrt herum anfahren, was eine entweder gute Ortskenntnis oder ein beachtliches Orientierungsvermögen voraussetzt.

Der ortsfremde Autobahn-Gaffer setzt sich, wenn er den Unfall sieht, spätestens jetzt auf die äußere linke Spur und drosselt vorsichtig die Geschwindigkeit. Schließlich soll ihm selber nicht noch jemand hinten drauffahren – als plötzlich Unfallbeteiligter hätte er keine Zeit mehr für objektive Beobachtungen.

Der erfahrene *spectator miseriae* versucht, exakt parallel zur Unfallstelle anzuhalten. Das schaffen allerdings nur echte Könner. Wer kein Profi ist, rollt schnell einige Meter zu weit. Aber auch ein Unfall in der eigenen Fahrtrichtung bietet gute Möglichkeiten. Allerdings darf man nicht dem Nachdrängen der anderen Verkehrsteilnehmer nachgeben.

Auch für den *spectator miseriae* zahlt es sich aus, wenn die Rettungsgasse frei ist. Dann können interessierte Zuschauer mit Glück bis direkt zum Unfallort vorfahren. Manchmal gelingt sogar noch ein Selfie mit den Unfallopfern. Aber das sind seltene und optimale Bedingungen, die meisten Autofahrer sind leider nicht in der Lage, diese Rettungsgasse zu bilden.

Spectatores miseriae wissen: Wo die meisten Leute stehen, da sind normalerweise die Kamerateams. Die allerdings haben oft die besten Plätze. Man muss als *spectator miseriae auch* darauf achten, dass man sich selbst nur von anderen Gaffern filmen lässt und nicht vom Rettungspersonal, da dessen Material inzwischen sogar gegen die interessierten Angereisten verwandt wird.

Oft dauern die Rettungsarbeiten Stunden, aber wenn man auch spektakuläre Verletzungen erleben, vielleicht sogar filmen will, kommt es auf die ersten Minuten an. Meist sind selbst starke Blutungen von den Rettungskräften viel zu schnell gestillt oder der Betreffende ist bereits im Rettungswagen verschwunden oder, im schlechtesten Fall, wurde bereits abtransportiert.

Die meisten Gaffer, sogar manche Helfer, sind mangelhaft vorbereitet auf einen mehrstündigen Rettungseinsatz.

Schnell wird Trinkwasser knapp. Der routinierte *spectator miseriae* hat deshalb jederzeit ein Rescue-Paket im Wagen: Müsliriegel, Obst, am besten auch mehrere Kisten Mineralwasser. Das kann er dann an andere Katastrophentouristen vor Ort verkaufen, im Becher und mit Aufschlag. So lassen sich schnell mehr als nur die reinen Reisekosten erwirtschaften. Interessierte und Einsteiger können sich informieren und austauschen in der Facebook-Gruppe „Schau'n wir mal!" und Fotos posten in der Gruppe „See you on the other side".

AUS MEINEM KÜNSTLER-TAGEBUCH

Die meisten Künstler fertigen zuerst eine Skizze, oft sogar eine Vielzahl an Entwürfen für das spätere Meisterwerk. Der Bildhauer arbeitet ein Modell aus. Video-Künstler, Aktionskünstler und Performer schreiben Drehbücher. Längst nicht jede Idee wird tatsächlich zum Kunstwerk. Manchmal mangelt es an Zeit, manchmal am Geld, um die Umsetzung zu realisieren. Das Schicksal der Mehrfach-, der Vielfachbegabten ist diese Überfülle an Ideen, die in zahlreiche, nie realisierte Konzepte münden. Die Geburtsstunde dieser Inspirationen sind immer wieder die frühen Morgenstunden, wenn der Tag frisch dämmert und die Künstler oft genug noch nicht einmal den Weg in den Schlaf gefunden haben.

Seit meinen Studientagen – Kunststudium in Kassel – versuche ich daher, die Welt meiner Gedanken zu kanalisieren. Ich führe ein tägliches Künstler-Tagebuch, um diese Ideen zu archivieren, die sich so jenseits der Realisierung in der Notiz schon manifestieren. Sollte man mich einladen, den deutschen Pavillon der Biennale in Venedig zu gestalten, bin ich vorbereitet. Hier einige Auszüge:

4. Juni
Bin heute äußerst inspiriert. Versuche diesen Zustand zu halten und bewege mich nicht.

5. Juni
Rot. Ich denke: Rot. Was will ich mir sagen?

6. Juni
Mutter ruft an. Sie macht sich Sorgen. Auch wegen der Wäsche.

7. Juni
Monika war da. Als sie mein Zimmer sah, sah sie rot. Sie ging ohne ein Wort. Jetzt weiß ich, was ich mir vorgestern sagen wollte.

9. Juni
Ich dusche. Die Düsen malen mit ihrem Wasserstrahl vergängliche Muster auf meine Haut. Farblos. Ein temporärer Klarlack. Im Trocknen verschwindet das Werk. Großartig. Auch Duschen ist also künstlerisches Ereignis, Prozess und Zerstörung der Arbeit in einem.

10. Juni
Ich beobachte!

11. Juni
Ich beobachte!

12. Juni
Ich beobachte!

13. Juni
Beobachte seit vier Tagen Prozesse im Spülbecken. Fäulnis ist ein nicht beobachtbarer Prozess und findet doch statt. Ich starre seit vier Tagen auf einen Teller alter Spaghetti.

15. Juni
Ich erkläre den Fußgängerüberweg Werner-Hilpert-Straße zum Kunstwerk. Ein Original. Mein Original. Ich werde die Zebrastreifen um 17.00 Uhr signieren. Alle anderen sind dann Fälschungen. Ab 17.00 Uhr. Ein stationäres Kunstwerk. Mein Galerist soll es verkaufen! Beliebig oft. Und jeden Streifen einzeln. Einem Zebrastreifen ist es egal, wem und wie vielen er gehört.

16. Juni
Melancholie!

17. Juni
Sonnenschein. Kann meine Melancholie kaum halten.

18. Juni
Kinder spielen. Wenn ich Kinder hätte, würde ich mit ihnen malen. Da ich keine Kinder habe, male ich auch nicht. Bin stolz auf meine Konsequenz.

19. Juni
Ich kopiere weiße Blätter. Meine Vorlage ist nur die Vorlage. Weiß. Das erste kopierte Blatt ist mein Original. Alle weiteren Blätter sind nur Reproduktionen. Ich stelle fest: Es ist egal, ob ich das Original oder die Vorlage als Vorlage nehme. Alle Blätter sind weiß. Ich könnte meine Zuschauer irreführen und nicht kopierte Blätter zu kopierten weißen Blättern erklären. Niemand würde es merken. Ich würde mich selber fälschen. Ein Kujau der Copy-Kunst! Ein Beltracchi des Kopierpapiers! Morgen fange ich an.

20. Juni
Ich fasse in meine Tasche. 3 Euro 68 Cent. Ich verkopiere alles. Auf dem Heimweg werfe ich sämtliche Seiten in den Altpapiercontainer. Ich wusste nicht mehr, welches Blatt welches war. Ich bin kein Betrüger. Nicht an mir selbst! Gegenüber anderen wäre es mir egal.

22. Juni
Ich mache eine Plastik aus Plastik. Aber was ist Plastik? Im Lexikon steht: Allgemeinsprachlich für Kunststoff. Ich bin überwältigt: Kunst-Stoff. Atemlos laufe ich nach Hause.

23. Juni
Gelb. Ich denke Gelb. Ich denke, ich sollte Mutter schreiben.

24. Juni
Ich schreibe an Mutter: „Liebe Mutter, seit Jahren fragst du mich, was ich eigentlich nachmittags mache. Ich bin Künstler.

Ich mache Künst. Denn das heißt Kunst, die kühn ist. Bitte überweise mir Geld."

25. Juni

Heute will ich geliebt werden. Ich gehe in eine Telefonzelle und rufe mich an. Ich frage nach mir, aber mit verstellter Stimme, damit der Anrufbeantworter nichts merkt.

26. Juni

Blau. Ich konnte auch nicht mehr denken. Dann habe ich mich übergeben.

ZUM UMGANG MIT DER KUNST

Wenn Sie „Kunst“ sehen, suchen Sie bitte als Erstes die Kasse und zahlen Sie Eintritt. Die Kunst ist nicht erfreut über Studenten und andere Sozialfälle, denn die bekommen Ermäßigung. Das Kino ist hier konsequenter, hier zählt nicht gesellschaftlicher Rang, hier zahlt man nach Sitzreihe. Dafür steht bei der Kunst jeder mal in der ersten Reihe.

Wenn Sie nun vor der Kunst stehen, gibt es verschiedene Möglichkeiten. Zum Beispiel: Das Kunstwerk gefällt Ihnen. Sagen Sie das dann auf keinen Fall! Sagen Sie höchstens etwas wie: „Interessant!“ Oder maximal: „Bemerkenswert!“ Aber sagen Sie das leise! Bei der Kunst sind keinerlei Überschwänglichkeiten gefragt. Im Gegenteil, das würde in aller anderen Augen Ihre Urteilsfähigkeit in Zweifel ziehen.

Wenn eine Arbeit Ihnen etwas „sagt“, sie anrührt oder aufwühlt, zeigen Sie das um Gottes Willen nicht! Ein negatives Urteil darf allerdings auch mal deutlich ausgesprochen werden.

Wenn Sie den Künstler nicht kennen, fragen Sie nie: „Wer ist das?“ Sagen Sie: „Ah! Der!“ Lässt sich an dessen Vornamen das Geschlecht nicht eindeutig erkennen, dann retten Sie sich mit einem „Ah ... ja!“ Und nicken.

Wenn Sie etwas über das Werk oder den Künstler wissen, beugen Sie sich aus der Hüfte, die Hüfte aber stehen lassen, leicht zurück zu Ihrem Begleiter und flüstern Sie mit ihm, wobei Sie fahrig auf verschiedene Punkte des Werkes deuten sollten. Fahrig! Das ist entscheidend im Umgang mit „Kunst“. Nie konkret werden! Das ist tödlich. So entblößt sich der Amateur! Damit bietet man jede Menge Angriffsflächen, auf die sich jeder andere Betrachter sofort stürzen wird. Natürlich nicht offen, aber sobald Sie sich abgewandt haben. Auch Besucher mit eigentlich der gleichen Meinung werden sich eine solche Chance Ihnen gegenüber nicht entgehen lassen.

Also: Nie laut sprechen! Und nicht vergessen: Vor dem Museum oder beispielsweise auf der Toilette leichte Übungen zum Aufwärmen für die Wirbelsäule, damit es beim leicht Zurückbeugen nicht zu Zerrungen kommt.

Wenn Sie und Ihr Begleiter respektive Ihre Begleiterin ein eingespieltes Team sind, können Sie in dieser zurückgebeugten Position auch über interessante Dinge reden, wie z.B. aktuelle Fußballergebnisse, Trennungen im Freundeskreis oder Ähnliches. Aber deuten Sie dabei immer wieder fahrig aufs Kunstwerk. Sämtliche Umstehenden werden Sie beneiden. Denn das vorweg und grundsätzlich: Sie gehen nie für sich in die Ausstellung, sondern mit anderen. Oder Sie gehen in eine Ausstellung, um anderen, die auch da waren oder die nicht da waren, sagen zu können, dass SIE da waren. Wirklich interessiert an der Kunst ist eigentlich niemand. Wichtig ist, anderen sagen zu können, wie interessant es war. Oder uninteressant. Aber denken Sie daran: Werden Sie auch jetzt nie konkret, wenn Sie über Kunst reden. Das ist so tödlich wie töricht.

Fragen Sie nie: „Was will uns der Künstler sagen?" Das weiß meist nicht einmal der Künstler selber. Den meisten Werken wohnt gar keine tiefere Absicht inne, denn wie sollten sonst so widersprüchliche Interpretationen möglich sein, die die Kunstwissenschaft braucht, um nötig zu sein.

Vermuten Sie meinetwegen, halblaut nach hinten gebeugt gesprochen, „Störungen in der ödipalen Phase" oder eine „ungehemmte Entwicklung in der analen Phase", aber fragen Sie nie: „Was ist seine Absicht? Seine Message?" Das wäre einfach peinlich und würde sofort gegen Sie gewendet. Man hielte Sie für ungebildet, proletarisch, dumm und blöd. Und das muss nicht sein, denn dafür lesen Sie ja diesen kleinen Leitfaden.

Wenn man sich nun wirklich interessiert, gibt es trotzdem ein paar Hindernisse: Das Berühren der Werke ist fast immer verboten. Fassen Sie die Bilder also wirklich nur an, wenn kein Aufsichtspersonal in der Nähe ist. Hier zahlt es sich natürlich wieder aus, wenn Sie in Begleitung sind.

Wenn Sie, wegen der Umstehenden, gerade in gut gefüllten Ausstellungen, in der Hüfte zurückgebeugt mit Ihrem Begleiter flüstern, benutzen Sie Sätze wie „Seine Fixation auf Azephalie regrediert wie die Konstriktion der Dipylonkultur als Evaluation einer Kabriolimousine."

Wem das zu kompliziert ist, der rettet sich mit Beschreibungen wie „phonetisch zweidimensional", „radikale Absentierung des Virtuellen" oder auch einfach mal „Parabolantenne".

Reden Sie von „innerer Strenge", oder sagen Sie abwertend: „Unentschieden!" Natürlich immer der Künstler, nie Sie! Ich gebe zu, das ist kompliziert, aber ein Grundsatz für Kunstbetrachter: Werden Sie nie konkret, aber seien Sie nie unentschieden!

Trauen Sie sich auch ruhig mal, halblaut zu sagen: „Ausgesprochener Mist. Ein Dilettant. Fäkalien auf der Leinwand wären konsequenter gewesen!" Wenn Sie dann weitergehen, werden Sie sehen, wie viele andere nun zu diesem Werk strömen und in kontroverse Diskussionen verfallen. Wenn man Ihnen jetzt die Stelle als Museumsleiter anbietet, nehmen Sie an. Sagen Sie zu.

DIE BALZ DER BOHRER

Seit einigen Wochen kann man jeden Morgen aufs Neue dieses wunderbare Schauspiel der Natur beobachten, vor allem aber hören – die Balz der Bohrhämmer. Manchmal schweigt diese versteckte Spezies wochenlang, aber nun sind viele Hinterhöfe wieder bevölkert mit diesen schnarrenden, knarrenden Gesellen, die sich schon früh am Morgen zu Gehör bringen.

Es ist 7.05 Uhr, wenn die Hilti erwacht. Die Hiltis sind scheue Wesen. Selbst wenn man ihren Ruf vernimmt, sieht man sie selten. Tagsüber halten sie sich meist in Höhlen auf, in sogenannten Wohnungen, und man hört sie dort ramentern. Trotzdem sind viele regelrechte „Ortswechsler", leben ortsungebunden und legen manchmal große Strecken zurück, um neues Gestein und Mineralien zu finden. Manchmal aber sind sie wochenlang standorttreu, und man hört sie von früh bis spät. Auch wenn man sie nicht sehen kann, sie arbeiten stets bei geöffnetem Fenster.

Da! Eine seltene Metabo antwortet. Erst noch verhalten, dann in einem sich steigernden Crescendo ruft auch sie durch den Hinterhof. Die Metabo und die Hilti spielen miteinander. Frage und Antwort. Spricht die eine, schweigt die andere und umgekehrt. Mal fällt die eine der anderen in den Lärm. Mal freuen sie sich an ihrem emsigen, wechselnden Auf und Ab, am Echo der eigenen Stimmen zwischen den Häuserwänden. Und sie können sich ihrer Zuhörer sicher sein.

Die Hilti und die Metabo gehören zur Familie der Bohrer. Sie suchen in Wänden, ja selbst im härtesten Stein und Fels nach Nahrung. Mit ihrer Spitze, der sogenannten „Bohre", bohren sie sich in alles Gestein und Mineral, egal ob frisch gemauert oder seit dem Kambrium erstarrt.

Inzwischen klongt und klingt draußen auch der Chor der Gerüststangen, die leicht, regelrecht libellenhaft, die Fassade gegenüber emporklettern. Die Hilti und die Metabo singen nun schon fast eine halbe Stunde. Lustig schallt ihr Knarrgesang herüber und weckt auch die anderen Wesen, die Hämmer und die Meißel, die mit verhaltenen Rufen antworten. Ganz selten dagegen ist der leise Spachtel zu hören, die stille Kelle und der faltige Zollstock. Der Zollstock, das vielleicht wandelbarste dieser Wesen, kann sich lautlos und in Sekunden von 24 Zentimetern auf beachtliche zwei Meter längen – und wieder zurück.

Es ist 7.30 Uhr, und plötzlich, ganz nah, aus dem Nachbarhaus, Zimmerwand an Zimmerwand, für den interessierten und aufgeweckten Hobby-Apparatologen optimal zu hören, erdröhnt der energische Ruf des Bosch. Der Bosch gehört zur Spezies der Schlagbohrer, und man spürt, wie erregt er nun mit Balzgesang der Hilti und der Metabo antwortet.

Dann plötzlich schweigen für einen Moment alle drei. Sie haben etwas gehört. Ein kurzes Brummen. Ein Rütteln. Da setzt es ein, mit urgewaltiger Kraft. Ein zweites Männchen hat den Hinterhof betreten und macht dem Bosch nun lauthals Konkurrenz. Der heftige, stoßweise Balzlaut des Blackunddecker dröhnt durch Wände und Innenhöfe.

Wie bei Auerhahn und Birkhuhn werben ab jetzt die beiden Männchen, der Bosch und der Blackunddecker, um die Hilti und die Metabo. Es ist ein Kampf der Giganten. Als würden Mufflonmännchen in den steilen Bergen des Kaukasus ihre mächtigen Geweihe gegeneinander stoßen, so rütteln nun der Bosch und der Blackunddecker im unermüdlichen Rotieren ihres Bohrkopfs an den Wänden des Hinterhofs.

Sie alle sind Tagaktive. Nachts schlafen sie bis zu 16 Stunden. Wenn sie noch jung sind, noch nicht flügge geworden, bevor die Hiltis und Metabos ihr erstes Loch je gebohrt haben, wohnen viele von ihnen am Hornbach.

Sind sie ausgewachsen, liegen sie alle des Nachts, die Hiltis und die Metabos, die Blackunddeckers und die Boschs, unvorstellbar still in ihren Nestern, die an kleine Koffer erinnern. Von 7 bis 17 Uhr aber sind ihre aktivsten Zeiten. Jetzt ist es neun, und die Hilti, die Metabo, der Bosch und der Blackunddecker machen überraschend eine halbe Stunde Pause.

In genau diesen aufrüttelnden Moment der Stille meldet sich der gewaltige Glock. Er wohnt im Kirchturm, und er schlägt neunmal. Wäre ich die Hilti, ich würde mich in den Glock verlieben. Die Kinder dieser Vereinigung wären hochmusikalische Bohrhämmer mit Glockenklang.

9.30 Uhr. Der Bosch ruft nach den Weibchen. Die Hilti antwortet dem lockenden Ruf. Die Pause ist vorbei.

LIEBE FÜR MATHEMATIKER

Ich entdeckte grad beim Schmusen
Deine zwei Hypotenusen
Und damit war noch längst nicht Schluss
Ich küsste deinen Cosinus.

Ich starre auf dein Geodreieck
Du bist totale Quadratur
Ich brauche keine Analysis
Du hast Fläche und Figur.

Deine Symmetrie der Formen
Die konvexen und konkaven
Oberhalb von allen Normen
Machen mich zu deinem Sklaven.

Ich stand in Mathe höchstens „Vier“
Jetzt hab ich eine „Eins“ bei dir
Nie hatte ich wie mit dir Spaß
Und ich begriff Pythagoras.

Die Amplitude ist nicht messbar
Denn ich bin komplett erregt
Wenn ich sehe, wie dein Busen
Sinuskurvig sich bewegt.

Du bist absolut Parabel
Und ich steige monoton
Etwas unterhalb vom Nabel
Du und ich in Proportion.

Logarithmisch ist dein Kuss
Und du weißt genau, ich muss
Mit den besten Argumenten
Zwischen deine zwei Tangenten.

Wenn wir beieinanderliegen
Ich mit dir multipliziert
Wird exponentiell gestiegen
Weil mein Vektor eskaliert.

Wir haben keine Differenzen
Unsere Summe – ein Axiom
Wir sind die perfekte Gleichung
Ich fühle mich total binom!

68 WURDE 50

1968 hatte kürzlich Geburtstag. 50 Jahre Flower Power waren zu feiern, und 2019, nur ein Jahr später, schon 50 Jahre Woodstock, der Startpunkt aller Festivals. Ganz Deutschland erinnerte sich an seine 68er, an Rainer Langhans, Uschi Obermaier und all die anderen, die Lebenden wie die Toten. Die Hippies, die Blumenkinder, waren als Bewegung wie so vieles aus Amerika hereingeschwappt.

Im Nachkriegsdeutschland der vielen Ex-Nazis hießen die Hippies sofort Gammler. Und einige der „Alten" hätten diese „Gammler" am liebsten sofort „ins Gas geschickt", vorher aber noch zum Frisör. Ein großer Aufbruch begann, ein Ausbruch. Um jeden Zentimeter Haarlänge wurde gekämpft. Die Mütter sagten den Herrenfriseuren damals noch, wie sie ihre Söhne zu beschneiden hatten. Die aber wollten den Look jener Zeit und der war „unisex", ohne dass man dieses Wort gekannt hätte.

1968 war ich zehn Jahre alt. Nur drei Jahre später stieg auch ich ein in den Kampf. Bis dahin hatten wir pubertierende Jungs nur Winnetou und Old Shatterhand, nun wurden Che Guevara und Fidel Castro unsere neuen Action-Helden. Eine Welle der Politisierung startete gegen den Mief der 50er- und 60er-Jahre, gegen Kellergeister und Häkelkissen.

Es hieß: „Wer zweimal mit derselben pennt, gehört schon zum Establishment." Die sexuelle Befreiung, ermöglicht vor allem durch die Pille, führte zu zahlreichen Beziehungs- und Sexualitätserkundungen. Sogar tagsüber oder abends bei Licht. Wahrscheinlich war Sex im Hellen, mit offenen Augen, die eigentliche Revolution! Und auch wir Lütten wussten, wir würden es eines Tages „machen". Was „es" allerdings war, davon hatten wir nicht einmal eine Ahnung. Wir ahnten nur: Es würde wunderbar werden.

Damals agierten Künstler und Studenten, Lehrlinge und Philosophen, Gewerkschafter und Weltverbesserer zusammen. Ein wichtiger Baustein waren Frauenrechte und die antiautoritäre Erziehung. Es hieß: „Hast du heute schon dein Kind gelobt?" Das war auch so ein Satz, der es nicht bis in meine Heimat Ostwestfalen geschafft hat. Ich lebte damals auf dem Dorf. Wir hatten das alles nicht. Ein „Azubi" war noch nicht mal ein Lehrling, sondern ein Stift, und der musste spuren.

Nun wurde alles anders. Langsam zwar, aber es geschah ein Kulturwandel durch eine Kulturrevolution. Man begann zu diskutieren, wo vorher nur galt: „Solange du deine Füße unter meinen Tisch steckst!"

Und diese neue Bewegung bekam nicht nur Symbole, sie gebar Ikonen. Die *Kommune 1* war Aktion und Bekenntnis, für die meisten Deutschen aber ein Angriff auf das Wirtschaftswunder. Uschi Obermaier war die schönste Frau der Bewegung. Ich war zehn, als ich sie nackt im *Stern* sah, und ich war hingerissen. Bis dahin kannte ich so etwas nur aus dem Quelle-Katalog, von den Seiten mit der Damenunterwäsche. 1968 kam „Zur Sache, Schätzchen" ins Kino. Uschi Glas im weißen Spitzenbody.

An diese beiden Uschis, Obermaier und Glas, war ich jahrelang vergeben. Ich lebte aus der Distanz einen erotischen Dreier, allerdings ohne einer der beiden von der jeweils anderen zu erzählen.

Come on Baby light my fire, because I'm a Believer, not only *in San Francisco*, und nicht nur am *Ruby Tuesday*, denn *All you need is love*. The Who, Janis Joplin, The Doors, Jimi Hendrix. Beatles oder Stones? Meine Eltern unterschieden da nicht, das war alles Negermusik, und diejenigen, die so was spielten, waren Hottentotten.

Wörter wie Windenergie und Dieselskandal kannte damals niemand. Autos hießen nicht SUV, sondern Ente und Käfer, wobei es noch eine gewisse Sympathie für den Jaguar gab. Wir hatten damals keine Abfalltrennung, aber dafür eine Zonengrenze. Bei Besuchen in der „Zone" musste man Eintritt bezahlen, für den man sich die Gesamtausgaben der kommunistischen Theoretiker kaufte.

Weltweit und in Deutschland brach die Jugend auf zu einer *Magical Mystery Tour*, die die einen Jahrzehnte später ins Auswärtige Amt brachte, andere in den Knast, die meisten aber in ganz normale bürgerliche Existenzen führte.

Wir träumten von der sozialen Gleichheit aller Menschen, wir entdeckten Natur als Ressource und Kulturgut, das es zu schützen gilt, denn die Erde ist ja nur geliehen. Wir waren irgendwie rot, weil es grün noch gar nicht gab, und wir wollten nicht, dass es blieb wie es war.

Das haben wir geschafft. 1968 war eine Kanzlerin undenkbar. Eine Bundesverteidigungsministerin war damals noch undenkbarer. Im Kabinett Kiesinger, 1968, vor 50 Jahren, gab es eine einzige Frau, die Gesundheitsministerin Käthe Strobel aus der SPD. Der Rest war Herrenriege.

In der deutschen Wirtschaft ist das sogar bis heute so geblieben. Trotzdem haben die Akteure dieser Jahre viel erreicht und verändert. Manche wurden Künstler, Vordenker und Inspiratoren, frühe Influencer, zwei wurden sogar Kanzler und Außenminister. Eine echte Erfolgsgeschichte, auch wenn 50 Jahre später einige immer noch den Weltuntergang durch die 68er herbeireden wollen.

ALS ICH MAL THOMAS GSELLA WAR

Eine wahre und dramatische Geschichte

Ich trinke gern und das mit manchmal verheerenden Folgen. Ich meine nicht einen simplen Alkoholrausch oder den schweren Schädel am nächsten Morgen. Ich meine nicht das überraschende Erwachen neben fremden Frauen oder in einer anderen Stadt als der, in der man am Vorabend trinken war. Oder sogar in einem anderen Land.

Ich bin Künstler, Autor, vielleicht sogar ein Schriftsteller, mit anderen Worten: Ein im Alkoholrausch euphorisch-kreativer Mensch, was im Ergebnis bedeutet, dass im Zustand schwerer Trunkenheit Ideen entstehen, Vorhaben, Pläne, Idiotien, die dann manchmal tagelange Arbeit bedeuten, weite Reisen nach sich ziehen können und bisweilen den kompletten Verlust eines Tages inklusive Persönlichkeitswechsel unter völliger Aufgabe des eigenen Selbst. Von einer solchen Geschichte muss ich nun berichten.

Ich besuchte in Frankfurt die Buchmesse, um zu eruieren, welcher Verlag eines Tages mein erstes Buch, das ich kurz davor war mit seinem ersten Satz zu beginnen, würde verlegen dürfen, an welchem Stand man mich der dann überraschten Fachwelt würde präsentieren wollen.

Es begab sich nun, dass jener Abend der Buchmesse wie alle anderen auch in ausufernden Trinkgelagen endete. Traditionell am Donnerstag lud die endgültige Satirezeitschrift *Titanic* Autoren, Zeichner und andere Durstige in die Räume des Frankfurter Kunstvereins. Die Zeitung *Titanic* zahlte uns, den Freunden des Hauses, nur für unser Erscheinen 15 Euro in Getränkegutscheinen aus. Für einige von uns, erfolglose Autoren, Zeichner und junge Väter, war das das erste Salär des Monats Oktober.

Auch ich war geladen und begann zielgerichtet, diese Bons an der Theke in diverse Alkoholika umzutauschen. Ich hatte auf der Buchmesse tagsüber zwischen mehreren hunderttausend Büchern gestanden und war nun in einer für unveröffentlichte und künftige Buchautoren typischen, also schwer depressiven Grundstimmung, in der man sich beim besten Willen nicht mehr vorstellen kann, wie zwischen all diesen Joanne K. Rowlings, Cornelia Funkes, den Haruki Marukamis und Susanne Fröhlichs, den Frank Schätzings und Florian Illiessens, zwischen Zwei-Finger-Tippern und Zehn-Finger-Schreibern eines Tages auch ein Werk mit meinem Namen darauf seinen Platz finden könnte, und sei es auch nur ein noch so schmales Novellenbändchen.

Hier hieß es nun den Frust erfolgreich zu bekämpfen. Um es unbescheiden zu sagen: Mindestens in meinem Alkoholkonsum, zumal unter depressiven Wellen, komme ich bereits manchen der großen Autoren gleich. Als Trinker sehen mich Fachleute heute schon in einer Reihe mit Francois Villon und Dylan Thomas, Ernest Hemingway und Charles Bukowski. Um nur einige zu nennen.

Auf dem Fest traf ich zu Anfang kurz auf Thomas Gsella, Martin Sonneborn und Oliver Maria Schmitt, den aktuellen und die zwei ehemaligen Chefredakteure dieses endgültigen Satiremagazins, meine Gastgeber also. Als Trio gehen sie seit Jahren gemeinsam auf Lesereise. Sie nannten sich damals hoffnungsvoll „Titanic Boygroup“, nachdem sie sich bei einer Redaktionskonferenz gegenseitig Passfotos aus den frühen 70-ern gezeigt hatten. Trotz ihres fortgeschrittenen Alters haben sie den Namen beibehalten. Sonneborn und Schmitt erzählten nun kopfschüttelnd, dass Gsella zwei Lesetermine angenommen habe, beide zur selben Zeit, aber in verschiedenen Städten. Einen Soloauftritt in Köln beim WDR, einen mit der Titanic-Boygroup in Minden. Der in Köln war wesentlich besser bezahlt, daher für ihn natürlich dringender. Diesen Fauxpas hatte Gsella erst Stunden vor dieser Buchmesseparty bemerkt. Der eilig informierte Veranstalter in Minden drohte mit horrenden Regressforderungen, Prozesskosten und anderem, da das dortige Publikum eigentlich nur Gsella sehen wolle und nicht Sonneborn und Schmitt, denn, so der Veranstalter, Gsella sei durch eine Veranstaltung namens „Giesekings Literaturlounge" eingeführt und berühmt, während die beiden anderen zwar mal Chefredakteure gewesen, aber literarisch sowieso nur Nebenfiguren angesichts des Gsellaschen Oeuvres seien. Er, der Veranstalter, kürze die Gage um mindestens, bzw. wie es sich für Minden gehöre, um „mindenstens" ein Drittel. Ich reagierte bestürzt, jedenfalls tat ich so.

Später am Abend standen mir die Herren Sonneborn und Schmitt erneut gegenüber, alle drei waren wir nun äußerst bezecht, und die beiden gaben mir wechselseitig die Komplettschuld am Mindener Wahnsinn. Wie ich überhaupt Herrn Gsella habe dorthin mitnehmen können! Der sei nun endgültig abgehoben! Dabei sei die Show beider ohne Gsella ohnehin dreimal besser, und wenn sie ohne ihn kämen, müsse die Gage, wenn überhaupt, dann „mindenstens" verdoppelt, wenn nicht gleich vervierfacht werden. Und wie denn ich, Gieseking, gedächte, sie beide, Sonneborn und Schmitt, aus dieser verteufelten Situation herauszuholen.

Zitternd stand ich zwischen beiden. Sie hatten mich eingekreist, brutale Satiriker, die schon die Fußball-WM nach Deutschland geholt und als „Die Partei" an Bundestags- und

Europawahlen, selbst an unbedeutenden Kommunalwahlen zum Frankfurter Stadtparlament teilgenommen hatten. Schwere Jungs also, mit allen Wassern gewaschen, und in ihrer rohen Brutalität osteuropäischen Bandenfürsten, ukrainischen Oligarchen, sizilianischen Gangsterbossen und amerikanischen Präsidenten in nichts nachstehend.

Zitternd sagte ich: „Dann lese ich eben seine Texte."

„Wie bitte? Ich höre nichts!", krächzte Schmitt.

„Dann lese ich eben dem Gsella seine Texte."

„Aber als Gsella!", schnauzte Schmitt.

„Aber das merkt doch jeder", wandte Sonneborn ein.

„Das is' egal!", sagte Schmitt heiser.

„Aber da kennt mich jeder!", wandte nun ich zaghaft ein. Immerhin sei ich ja ebenda geboren worden, in Minden, mehrfach vor Ort verheiratet gewesen, und an manches, was ich dort im Vollrausch getan hätte, könne ich mich zwar nicht erinnern, die Bevölkerung aber umso mehr.

Schmitt kannte keine Gnade und krächzte weiter: „Wenn es einer merkt, bist du geliefert. Donnerstag bist du da. Als Thomas Gsella. Damit das klar ist."

So traf ich mich am folgenden Donnerstag frühmorgens im Café des Museum Ludwig in Köln mit Thomas Gsella zur Übernahme seiner Persönlichkeit. Stumm reichte er mir auf der Toilette seinen Reisekoffer mit Textmanuskripten und seiner weit gereisten Kleidung. Dazu drei Gedichtbände von Gsella mit Post-its an den Gedichten, die ich lesen sollte, darauf gekritzelt unleserliche Anmoderationen.

Gsella sagte: „Die Bücher kannste verkaufen. Das Geld kannste behalten!"

Ich reiste nach Minden und checkte im Hotel ein.

Die Empfangsdame fragte: „Ihr Name?"

„Giese... äh, Gsella."

Sie sah mich seltsam an.

Ich sagte schnell: „Gisela. Meine Frau heißt Gisela. Gisela Gsella."

Aus Versehen unterschrieb ich dann auch mit Gisela Gsella.

In meinem Zimmer memorierte ich Notizen, die ich mir zu Familienstand und Gesundheitswerten gemacht hatte. Langsam begann ich mich daran zu gewöhnen, dass ich der neue Chefredakteur der *Titanic* war, eine Frau und zwei Kinder hatte und ein profunder Reimer war. Ich versuchte, mir Gsellas Garderobe überzustreifen. Sie war entweder zu eng oder zu lang oder schon zu lang im Koffer. Ich ging also als Gieseking zum Auftritt und hoffte, niemand würde mich erkennen.

Um nicht vorzeitig enttarnt zu werden, würde ich das Theater erst in letzter Sekunde betreten. Sonneborn und Schmitt hatten dem Veranstalter gesagt, Gsella habe, schusselig wie er sei, seine Texte im Hotel vergessen und hole sie gerade noch. Niemand schöpfte Verdacht. Gsella war hier also tatsächlich bekannt.

Um eine Minute nach acht betrat ich mit den beiden ehemaligen Chefredakteuren die Bühne. Ein Raunen ging durch den Saal, als Schmitt sagte: „Ich begrüße zu meiner Linken Thomas Gsella, den neuen Chefredakteur der *Titanic*".

Die Kritikerin rief geistesgegenwärtig: „Sie sehen aus wie Gieseking."

Ich rief: „Beleidigen Sie mich nicht!", und ließ die Dame aus dem Saal werfen.

Das war der richtige Ton für Ostwestfalen. Die, die meine Ähnlichkeit mit Gieseking bemerkt hatten, waren nun eingeschüchtert, und denen, die Gsella nicht kannten, war es egal.

Dann lasen wir reihum Texte, ich dabei ausschließlich die von Gsella als Gsella. Wir wurden gefeiert. Gsella auch.

Ich endete mit einem typischen Gsella-Gedicht, das aber von mir war:

Als ich mal Thomas Gsella war
Der Gsella stammt aus Essen
Da habe ich den ganzen Tag
Was Gsella mag, gegessen.

Als ich mal Thomas Gsella war
Nachts im Holiday Inn
Da trug ich seinen Schlafanzug
Mit vielen Flecken drin.

Als ich mal Thomas Gsella war
Das brachte mich in Rage
Ich las aus seinen Texten vor
Doch er bekam die Gage.

Seit ich mal Tomas Gsella war
Schlief ich mit seiner Frau, zehnmal
Dass ich nicht dieser Gsella bin
Das ist ihr scheißegal.

Sonneborn und Schmitt trugen mich bis zum Hotel auf Händen und sagten, ich sei der bessere Gsella. Schmitt sagte, dass sie eigentlich schon lange nach einem neuen Gsella gesucht hätten, und wenn ich wolle, sei ich für immer ihr Mann.

Ich selber versuchte, nach dem Auftritt Gsellas Gedichtbände zu verkaufen, weit über Ladenpreis natürlich. Am Ende verschenkte ich einen Band, die anderen trage ich stets bei mir.

Es folgte eine alkoholgeschwängerte Nacht, aus der mich das Eingangspiepsen einer SMS weckte. Thomas Gsella schrieb und fragte: „Wie war ich?"

Ich antwortete: „Du warst großartig, überraschend Nichtraucher zwar und am Ende des Abends haltlos betrunken, und – sag deiner Frau nichts davon – du hast die Nacht mit zwei Frauen verbracht, die dich brüderlich teilten."

Gsella schrieb zurück: „Also wie immer!"

Zehn Minuten später schrieb er noch einmal: „So soll es sein – Zwinkersmiley Ausrufungszeichen."

Seine SMS endete mit den Worten: „Ich beneide dich um meine Nacht!"

Als ich im Zug nach Köln saß, um wieder meine eigene Identität zurückzuerlangen, zog ich Bilanz: Gsellas Frauengeschmack ist wirklich bedenklich, sein Leistungsvermögen, zumindest sexuell, könnte medikamentöse Unterstützung durchaus gebrauchen, neue Socken wären angebracht, und seine Ess- und Trinkgewohnheiten sind alles andere als gesund. Aber als neuer Chefredakteur der *Titanic* kann er sich das leisten.

Ich bin gegenüber Schmitt und Sonneborn jetzt schuldenfrei. Sie haben natürlich die gesamte Gage kassiert und weder mir noch Gsella auch nur einen Cent abgegeben. Ich kann seit diesem denkwürdigen Abend eine leichte Verfolgungspsychose nicht verleugnen und trage darum immer die Gsella-Gedichtbände bei mir, um mich in weiteren Notsituationen jederzeit durch Spontanlesungen freikaufen zu können.

Als ich an jenem Abend damals meine Wohnung aufschloss, bekam ich eine dritte Kurznachricht. Sie war von Sonneborn. Er schrieb: „Mach's gut, Gsella."

LOB DES HERZENS

Nichts scheint leichter, als das Herz zu loben, aber so einfach ist die Sache nicht! Ohne Herz kein Leben und umgekehrt. Wobei die kleine Knolle ständig zum Schlag ausholt, doch haut es uns nicht um, sondern macht uns Beine. Und das andauernd. Keine Pause, nicht eine. Wir können zwar ruhig mal die Füße stillhalten oder die Augen zumachen, aber das Herz schlägt unentwegt. Das Herz tut, was es tun muss, obwohl es ihm oft genug nicht gedankt wird und der Mensch alles daran setzt, es ihm schwer zu machen: rauchen, saufen, Oberhausen, um nur drei Beispiele zu nennen.

Herzen an sich sind ganz wunderbar und verschieden. Das des Blauwals schlägt zwei bis sechs Mal in der Minute, da wäre unsereiner schon hinüber, schon allein wegen des Gewichts, sein Herz wiegt 600 bis 1.000 Kilo. Das entspricht dem Gewicht eines vollgetankten Autos! Wir bräuchten einen Hänger, um das mit uns herumzuschleppen.

Die kleinsten Herzen unter den Säugetieren besitzen die Schweinsnasenfledermaus und die Etruskerspitzmaus. Deren Herzen schlagen bis zu 1.500 Mal pro Minute, was die gesamte Drum 'n' Bass-Szene mit ihren lächerlichen 130 *beats per minute* vor Neid erblassen lässt.

Die gesamte Literatur und vor allem die Liebeslyrik wäre nichts ohne das Herz, und auch die Popmusik ist mehr auf das Herz angewiesen als auf Melodien. Man denke nur an „Heart of Gold“ von Neil Young oder an „Mein Herz geht Bum-Budi-Bum“ von Peter Frankenfeld und Lonny Kellner.

Im deutschen Schlager der Neuzeit stecken allerdings oft klare medizinische Fehler: „Gib mir mein Herz zurück!“ ist eine unsinnige Zeile von Herbert Grönemeyer und einfach Quatsch! Was weg ist, ist weg. Das hätte er wissen müssen, denn sein Bruder Dietrich hat ein medizinisches Standardwerk über das Herz geschrieben! „Dein ist mein ganzes Herz" von Heinz Rudolph Kunze ist der gleiche Blödsinn in Rot, denn es ist ja nicht dein, sondern mein, denn wenn meins deins wäre, würde es bei mir nicht mehr schlagen. Nicht umsonst hat Steinmeier seiner Frau nur eine Niere und nicht sein Herz gespendet. Sogar wichtigste Romane der Neuzeit beginnen mit dem Herzen. In „Sterben" schreibt Karl Ove Knausgard als ersten Satz: „Für das Herz ist das Leben einfach: Es schlägt, solange es kann. Dann stoppt es." Damit hätte dieser Roman auch schon enden können, aber mit nur fünfzehn Worten verkauft man keine Bücher, und so hat der Autor weitere 569 Seiten angehängt.

Die wenigen kritischen Auseinandersetzungen wie „Das Herz ist eine miese Gegend!" von Thommie Bayer und „Herz der Finsternis" von Joseph Conrad haben dem Ruf und Ruhm dieses Zentralorgans nichts anhaben können.

Das Herz ist weit unabhängiger als andere Organe oder Körperpartien. Zähne wollen geputzt sein, Nägel geschnitten, die Haut gepflegt. Das Herz ist eines der wenigen Teile des Körpers, das lebenslang ohne Cremes auskommt. Und anders als an den Füßen, die ja auch beständig laufen, kommt es beim Herzen zu keinerlei Hornhautverdickungen. Das Herz ist eben ein sehr praktisches Organ – selbst wenn es gebrochen ist, muss es nicht geschient werden. Eigentlich hat jeder eins. Sportler und Mildtätige haben besonders große Herzen, Unternehmer allerdings haben keines, trotzdem fallen sie nicht um. Und so pumpt das Zentralorgan seit Jahrhunderten Lebenssaft in den uralten Streit, was denn nun wichtiger sei für den Menschen: Herz oder Hirn? Mit dem Herzen kann man lieben, das Hirn entscheidet sich oft für die Trennung. Philosophen sagen: Hirn habe jeder, Herz sei eine Gabe. Sozialethiker wiederum sprechen von herzlosen Menschen ohne Hirn.

Es ist ein wenig wie bei der Henne und dem Ei. Was war zuerst da? Ich sage: Herz. Denn mit dem Herzen kann man denken, das Hirn aber kann nicht schlagen. Zuletzt ist nur eines sicher: Wenn das Herz irgendwann stehen bleibt, hat es sich das fraglos verdient!

DIE MAGIE VON MAGGI

Ich bin gerade für ein paar Tage bei meinen Eltern. Sie leben in einem ostwestfälischen Dorf. Vorgestern gab es Eintopf. Lecker. Gestern gab es Bratkartoffeln mit Bratwurst. Heute gab es Gemüsesuppe mit frischem Kohlrabi. Und ganz viel Eierstich. Der Eierstich meiner Mutter ist unvergleichlich. Und die Suppe ist so was von lecker. Trotzdem steht dort immer die Maggi-Flasche auf dem Tisch. Unverrückbar seit Beginn dieser Ehe, und das sind über 50 Jahre. Die Suppen meiner Mutter sind fantastisch. Dennoch nimmt sogar sie selber, bevor sie den ersten Löffel in die heißen, meist brackigen Fluten taucht, die Maggi-Flasche zur Hand und würzt nach mit diesem Wunderwerk.

Ich nehme drei, vier Löffel ohne, und dann kommt auch bei mir diese Mischung aus Sehnsucht und Sucht, die ich ähnlich nur bei Haribo-Goldbären verspüre. Die frühkindliche Prägung bricht sich Bahn. Ich werde nie an der Nadel hängen – es sei denn, es gäbe Gummibärchen flüssig. Ich neige gelegentlich zu vorsätzlichem Alkoholmissbrauch, bin aber garantiert weit entfernt von irgendwelchen Suchtstrukturen – außer eben bei diesen wenigen Genussmitteln, die für mich letztlich Grundnahrung sind.

Dass dritte dabei ist übrigens Miracoli. Maggi ist geheimnisvoll wie die Miracoli-Gewürzmischung und das Rezept von Coca-Cola, und es wurde ebenso vergeblich ausgespäht. Nicht einmal Doping-Labore konnten die Bestandteile dieses „Wundertranks" extrahieren.

Mein Freund Achim ist berühmt für seine „Nudeln mit Maggi". Er wurde damit zur Legende im Freundeskreis, und von seinen engsten Begleitern wird das Wundergericht immer wieder eingefordert. Sind wir zu Gast, skandieren wir die magischen fünf Buchstaben im Chor.

Die Firma Maggi hat normalerweise ein breit gestreutes Arsenal an Waren, an Lebensmitteln und Würzen aller Art. Die Würze von Maggi aber ist kein Gewürz, sondern eine Komposition, eine erlesene Cuvée. Eine leckerste Konzentriertheit. Vielleicht eine Destillation erlesenster Sojasoßen.

Die Erfindung von Maggi ist kulturhistorisch der Erfindung des Rads und der Elektrizität gleichzusetzen. Wenn wir über deutsche Leitkultur reden, so scheint mir Maggi mehr noch als Sauerkraut oder Sülze der größtmögliche gemeinsame Nenner deutscher Kulinarik zu sein.

Dieses Wunderwerk der Würzkunst feierte just während meines Heimatbesuchs seinen 130. Geburtstag. An diesem Tag verharrten deshalb wir drei, Vater, Mutter, Sohn, vor den Suppentellern mit der heißen, maggidurchtränkten Flut in stillem Gebet um die immerwährende Existenz der Herstellerfirma. Auf der Flasche lasen wir: „Maggi Würze – Das gewisse Tröpfchen Etwas!“

Kulturell veredelt wurde Maggi, diese in ihrer Wirkung fast diabolisch-raffinierte Mixtur, dieses „Etwas“, mit feiner Ironie durch den großen deutschen Dichter Frank Wedekind, bevor der ein gefeierter Theaterstar, Kabarettdichter und „Skandal-Autor“ wurde. Heutzutage eher unbekannt, ist er dennoch ohne Zeifel einer der größten deutschen Schriftsteller und Dramatiker, in seinem Lebenswandel absolut umstritten und ein Star des frühen Kabaretts, Mitbegründer der „Elf Scharfrichter“ in München, ein Enfant terrible seiner Zeit, ein kluger und widerständiger Geist. Ab 1886 hat Wedekind als aufstrebender, darum noch darbender Künstler diesem Geist in der Flasche 150 Szenen geschrieben und

Hymnen gedichtet. Seine ersten und kargen Dichterjahre finanzierte dieser Großmeister tatsächlich mit Werbegedichten für Maggi!

„Vater, mein Vater!
Ich werde nicht Soldat,
Dieweil man bei der Infantrie
Nicht Maggi-Suppen hat!"

„Söhnchen, mein Söhnchen!
Kommst du erst zu den Truppen,
So isst man dort auch längst
nur Maggi's Fleischconservensuppen."

Noch schöner aber klingt dieser Vers des großen deutschen Dichters für das Gewürz aller Gewürze:

Was dem einen fehlt, das findet
In dem ander'n sich bereit;
Wo sich Mann und Weib verbindet
Keimen Glück und Seligkeit

Alles Wohl beruht auf Paarung; –
Wie dem Leben Poesie
Fehle Maggi's Suppen-Nahrung
Maggi's Speise-Würze nie!

DIRK NOWITZKI UND ICH

Anfang März 2017: Dirk Nowitzki wirft sich in die Ewigkeit. Er schafft als sechster Basketballspieler in den USA eine Gesamtkorbzahl von über 30.000. Ich knackte diese Marke am selben Tag.

Ich bin auf Mallorca. Port de Sóller. Ein kleines Wanderparadies, zumindest in der Vorsaison. Meine Freundin wollte unbedingt in diese Berge. Dazu als grundsätzliche Information: Meine Freundin ist körperlich gesehen der Typ Bergziege, ich repräsentiere eher den Typus Gallowayrind. Ich bin kein Gebirgstyp. Aber Beziehung heißt Kompromiss, darum muss ich ab und an mit in die Höhe.

Genau dort, wo ich täglich mühsam die steinigsten Pfade hochkraxele, ist regelmäßig auch eine Gruppe deutscher Crossläufer leichtfüßig joggend unterwegs. Das verstört. Zu meinem Trost habe ich das Gefühl, die Gruppe wird täglich kleiner. Es läuft dort neben ein paar wenigen sympathischen Asketen vor allem eine erstaunliche Gockelparade auf und ab in den mallorquinischen Hügeln. Man fragt sich, ob alle so schnell sind, wie ihre Kleidung aussieht. Für den Preis ihrer Laufausrüstung kaufe ich Gebrauchtwagen. Den technischen Standard ihrer „Funktionskleidung" erreicht nicht mal mein relativ neues Handy.

Zum Thema Gesundheit und Digitales: Inzwischen hat praktisch jeder eine dieser Gesundheits-Apps auf seinem Handy. Viele tragen Fitness-Armbänder, die sämtliche Daten wie Bewegungsmelder auf das iPad übertragen. Mein Freund Achim ist technisch schnell faszinierbar. Neulich, kurz vor Reisebeginn, zeigte er mir das alles. Und er zeigte mir vor allem, dass auch auf meinem Handy so eine App vorinstalliert sei mit Namen „Health“, mit der meine Schritte gezählt und zurückgelegte Entfernungen gemessen würden. Nur hatte ich das meinem Gerät nie erlaubt! Hier gibt es Ordner, in denen jetzt schon, nach zwei Monaten, mehr erfasst ist, als auf der Karteikarte steht, die mein Hausarzt seit Jahrzehnten gewissenhaft über mich führt.

Körpermesswerte, Vitalzeichen, Ruhekalorien. Unbekannte Welten. Mein ganz spezielles Raumschiff Orion.

Doch diese zwei Diagramme für täglich zurückgelegte Schritte und Kilometer, von denen ich nie gewusst hatte, faszinierten mich. Tage mit 1.024 Schritten, was bedeutet: man war maximal in die Dusche und zum Kühlschrank gegangen. Nun Mallorca. Berge. Wanderungen. 16.233 Schritte. Am Tag darauf 19.112 Schritte. Plötzlich schaute ich täglich. Mehrmals. Und dann kam der Tag mit 24.766 Schritten. Meine Freundin wollte danach noch mal durch den Hafen, aber ich wollte keine zu großen Maßstäbe für die Zukunft aufbauen. Außerdem fand ich es langsam albern, dauernd auf mein Handy zu sehen, sobald ich Rast machte. Aber an jenem Tag, an dem auch Dirk Nowitzki sein Meisterstück gelang, waren wir auf einer langen, und wie sich dann zeigte, unserer längsten Wanderung unterwegs. 25.437 Schritte. Und diesmal gingen wir tatsächlich noch mal durch den Hafen in eine Kneipe. 27.699 Schritte. Schon hier die erste Anerkennung für meine Leistung: Die junge Spanierin stellte uns zwei „San Miguel“ auf die Theke und sagte zu mir mit rauchiger Stimme: „Adios, Hombre.“

Im Hotelzimmer angekommen: 29.984 Schritte. Meine Freundin lag schon im Bett. Sie schaute etwas irritiert zu mir herüber. Ich ging zwischen Zimmertür und Balkon hin und her wie ein Raubtier im Käfig – und bemerkte nicht einmal, wie ich die Ziellinie überrannte: 30.087 Schritte! Dirk Nowitzki und ich – dos Hombres!

KARL LAGERFELD RUFT AN

Ich saß zu Hause, die Glotze lief. Ich hab durchgeschaltet. Flasche Wein. War nicht die erste. Da klingelte mein Telefon.

Ich ging ran: „Tach auch, hier ist Bernd."

Sagte eine schnodderige Stimme, leicht vernuschelt: „Hallo, hier ist Karl."

Karl Lagerfeld. Karl der Große. Modezar und Modeschöpfer. Jüngst verstorben. Wir kennen uns.

Ich sagte: „Jetzt schon? Du bist doch grade erst da oben angekommen."

Und er: „Mich interessiert eher: Wie sieht es unten bei dir aus? Gibt es Nachrufe?"

Ich sagte: „Die ganze Welt trauert um dich!"

Da lachte er: „Das ist ja eigentlich auch ganz schön für mich, oder?"

„Karl, du wirst jetzt ständig zitiert. Hier: ‚Wer eine Jogginghose trägt, hat die Kontrolle über sein Leben verloren!'"

„Es stimmt aber doch, Bernd. Nur – hier oben ist alles noch schlimmer. Darum ruf ich auch an. Ich musste mit jemandem reden. Stilmäßig ist der Himmel die Hölle."

Ich sagte. „Wieso das denn?"

Und er: „Hör bloß auf! Hier sind ja alle so angekommen, wie sie gestorben sind. Und so sehen die dann auch aus. Jeder trägt jeden Tag das Gleiche. Es hat ja keiner seinen Kleiderschrank dabei. Das ist schon schlimm. Am schlimmsten aber: Die ganzen 80er-Jahre-Typen rennen hier oben in Schlaghosen rum."

Ich sagte: „Das tragen sie hier unten grad zum Karneval."

„Bernd. Karneval. Das ist nämlich das nächste Thema. Karneval hatten wir ja Gott sei Dank nicht in Paris. Aber hier im Himmel ist kein Paradies. Hier sind die Menschen nicht mehr nach Städten getrennt. Hier rennt das gesamte Rhein-Main-Gebiet herum und trifft sich mit den Rheinländern – und dann singen die zusammen ‚Da simmer dabei. Dat is prima!' Im Himmel. Stell dir das mal vor, Bernd!"

„Ich fass es nicht, Karl. Karneval sogar in den himmlischen Gefilden?"

Darauf Karl: „Der Millowitsch ist hier oben 'ne ganz große Nummer! Und ‚Mer lasse de Dom in Kölle' ist bei der Bagage DER Hit. Da singen alle mit, Matthäus, Markus, Lukas und Johannes, die ganzen Evangelisten. Nur der Chef selber hält sich raus."

Ich sagte: „Aber ihr verkleidet euch nicht im Himmel?"

„Bernd, die tauschen seit Tagen schon ihre Klamotten für Weiberfastnacht! Ich bin froh, dass ich meine Sonnenbrille aufhabe. Im Licht wäre das gar nicht zu ertragen. Ist so schon schlimm genug."

Ich sagte: „Mann, Mann, Mann!"

Sagte Karl: „Mein einziger Trost sind die Gespräche mit Bruno Ganz. Der ist ja nur drei Tage vor mir hier angekommen. Bruno ist modemäßig ja eher neutral."

Ich sagte: „Wie sieht es denn modemäßig eigentlich mit dem Chef aus?"

Darauf Karl: „Das glaubst du nicht. Gott trägt Jogginghosen!"

Und dann hat er aufgelegt.

RUMPELNDE ROULADEN

Unsere heimische Küche ist unschlagbar: Sauerkraut, Bohnen, Rinderbraten und dann die Königin aller Gerichte: die Roulade.

Der Deutsche isst nicht nur, er ist auch eine Roulade. Wie sich Hund und Herrchen äußerlich angleichen, so ähneln sich auch der Esser und seine Mahlzeit immer mehr. Woher ich das weiß? Wohin ich kam, es gab Rouladen: bei Muttern, bei Tanten, bei Freunden. Manchmal zweimal am Tag. Dass wir sie nicht schon gefrühstückt haben, war alles.

Das ganze Land hat auf die Veggie-Day-Initiative der Grünen mit der einzig möglichen Antwort reagiert – mit guter deutscher Hausmannskost. Seit die Grünen uns ans Gulasch wollten, ging ein Ruck durch die Republik, und am stärksten ruckt es zum Jahresende. Zwischen Weihnachten und Neujahr gab es keinen Tag ohne Rouladen. Dazu brieten die Gänse im eigenen Schmalz. Der Grünkohl blubberte vor sich hin und erhitzte Polnische und andere Würste. Aber die Königin der Wintermonate ist und bleibt die Rindsroulade.

Rouladen sind ein hochkomplexes deutsches Faszinosum, und zwar in allen Phasen, von Zubereitung bis Verzehr. Im Land der Hochtechnologie, der Rüstungsexporte, der Feinstmechanik, der Hochfinanz, der Weltchemie, führend im Automobilsektor, in diesem Land der Dichter, Denker und Erfinder stellen sich immer wieder neue Generationen der Königsdisziplin – dem Rouladenwickeln. Und zwar in beiden Kategorien, bei Kohlrouladen und Fleischrouladen. Und jeder schwört auf andere Wickeltechniken.

Die einen umwickeln mit Nähgarn, fesseln das Fleisch regelrecht, und versuchen dabei, das aufgerollte Rest-Nähgarn nicht zu bekleckern. Dann fixiert man das „Rindertau“ mit

Knoten. Segler nutzen Kreuzknoten auf Slip. Diese Wickeltechniken werden in Fachkreisen auch als „Bondage-Style“ bezeichnet. Das Entwickeln birgt für unbedarfte Esser das Risiko breiter Soßenschneisen auf Tischdecken und Feiertagshemden, wenn sich die Roulade beim Auswickeln durch den hochgezogenen Faden dreht und rollt wie der gefällte Baumstamm am Hang.

Andere nehmen Zahnstocher, die sie dem toten Rind durchs Fleisch und den eingedrehten Schinkenspeck treiben. Amateure verletzen die Gurke. Manche nehmen wiederverwertbare Metallstäbe, die sogenannten „Rouladennadeln“. Die sind aber genauso heiß wie Soße und Kruste – also sehr heiß! Um die herauszuziehen, braucht es eine ausgefeilte Einfädeltechnik mit dem Außenzinken der Gabel in die Ringöffnung der Rouladennadel und dann die Ruhe großer Yogis, um nicht in zu schneller Bewegung diese Nadel herauszuziehen, was katapultartige Wirkung haben kann. Die so herausgeschleuderte Nadel führte oft schon zu schwersten Verletzungen auf der anderen Tischseite.

Bei Nadeln und Zahnstochern zeigt sich der wahre Rouladen-Meister darin, nur einen dieser „Piekser“ zu benötigen. Zwei oder drei sind aber fast die Regel, ab vier zeigt sich erneut der Amateur. Ab sechs Rouladennadeln steigt wieder die Verletzungsgefahr, da man dann quasi einem Ministachelschwein auf die Schwarte rückt.

Ansonsten gilt für alle fleischfressenden Kulinariker auch weiterhin das Wort des großen Frankfurter Philosophen Michael Herl: „Du musst dem Leben immer ein Hackbrötchen voraus sein!“

KÖRPER UND SEELE (1) – DAS TAXI

Indianer haben früher, wenn sie mit der Bahn fuhren, nach den Reisen oft noch tagelang an den Bahnhöfen gewartet. Sie sagten: „Ich warte auf meine Seele. Meine Seele reist nicht so schnell wie mein Körper." Mit dieser Einstellung ist dir natürlich auch egal, ob dein Zug Verspätung hat oder nicht. Bei der Deutschen Bahn heute habe ich oft das Gefühl, meine Seele ist schneller als ich. Ich hoffe dann, sie wartet am Zielbahnhof auf mich! Vielleicht schaut sie schon mal nach den Taxen.

Mein Körper und meine Seele – manchmal höre ich die beiden streiten. Zum Beispiel: Wer bestellt eigentlich mein Taxi? Meine Seele oder mein Körper?

Sagte meine Seele: Ich kann auch zu Fuß gehen!

Sagte mein Körper: Du hast doch nicht mal Beine!

Sagte meine Seele: Sauf nicht so viel, dann wärst du auch besser zu Fuß.

Sagte mein Körper: Wenn ich nichts trinke, wirst du nicht besoffen.

Sagte meine Seele: Ich komme auch ohne Drogen klar.

Sagte mein Körper: Keine zwei Tage.

Sagte meine Seele: Okay, ich zahl das Taxi.

AUF LUISES KLEBESPUR

Das neue Sticker-Sammelalbum von Rewe

Zu Beginn des Jahrtausends sang eine junge Frau eine Art neue Nationalhymne: „Ich liebe deutsche Land." Ein halbes Jahrzehnt später hieß es in einer offiziellen Werbekampagne: „Du bist Deutschland." Kürzlich zog die Supermarktkette Rewe nach mit: „Schwarz. Rot. Toll! Der neue Rewe Sammelspaß".

Ich wollte am Wochenende nur den Einkauf machen für eine Wohnungseinweihung und zahlte bei Rewe 60,62 Euro für Getränke: Herrenhäuser, Jever Fun und Gerolsteiner. Dann fragte die Kassiererin: „Wollen Sie Sticker?" Sticker nehme ich grundsätzlich. Was ich nicht nehme, sind Treuepunkte. Ich werde wahnsinnig, bei jedem Einkauf gefragt zu werden, ob ich Bonus- oder Treuepunkte sammle oder ob ich diese oder jene Karte hätte.

Ich erinnere mich noch gut, wie meine Mutter und meine Omas seinerzeit und ihrerzeit akribisch Rabattmarken vom „Konnsumm" (ostwestfälisch) in kleine Heftchen klebten. Das Treueversprechen des Kunden, gekauft mit minimalem Preisnachlass, kalkulierend auf Sammelwut, vertrauend auf das Briefmarken-Gen der Deutschen. Oder wie mein Freund Peter damals sagte: „Rabattmarken sind gut. Wenn vier Hefte voll sind, kann ich wieder zum Friseur!"

Aber mit Stickern kriegt man mich rum. Jederzeit. Man denke nur an die legendären Panini-Sammleralben zu Welt- und Europameisterschaften. Was haben wir getauscht. Ein Paul Breitner (Bayern) für sieben Christian Sackewitz (Bielefeld). Ein Rüdiger Abramczik (Dortmund) gegen drei Mirko Votava (Dortmund). Sechs Manfred Dubski (Duisburg) gegen einen Manni Kaltz (Hamburg).

Nun also „Schwarz. Rot. Toll!" Rewe verkauft das Sammelalbum „Unser Deutschland“ für 1,99 Euro. Untertitel: „Eine Liebeserklärung in 180 Stickern!“ Pro zehn Euro Einkaufswert fünf Sticker gratis!

Es gibt eine Formel für Sammelalben, die fehlende Motive und Doppelte und Dreifache berechnet: n mal h von n. Oder so ähnlich. Details lasse ich weg, aber danach braucht man für ein Album mit 50 Motiven etwa 224,96 Bilder, um es zu füllen. Das Rewe-Album braucht für seine 180 Sticker nach dieser Formel ungefähr 800 Klebebilder, mit anderen Worten einen Einkauf von etwa 1.600 Euro!

Ich bekam jedenfalls sechs Stickertütchen. Zu Hause riss ich sie auf. Zuerst fand ich einen Steffi-Graf-Glitzer-Sticker (Nr. 57). Dazu das Unterteil des Ulmer Münster (Nr. 159), das linke obere von vier Bildern des Archaeopteryx (Nr. 8) und das rechte untere von den vier Bildern eines Pandabären (Nr. 175). Ein Panda? Bei „Schwarz. Rot. Toll!“? Seit wann stehen Pandas für Deutschland? Sind die jetzt in unseren Wäldern unterwegs? Heimisch ist hier höchstens der Waschbär! Statt erhofftem Bundesadler fand ich einen Mäusebussard (23), der aber ist wenigstens typisch. Nächstes Tütchen. Archaeopteryx (Nr. 11), wahrscheinlich das rechte untere des vierstickrigen Motivs. Dazu eine Modelleisenbahn (Nr. 98), die linke Seite vom Reichstagsgebäude (Nr. 119) und eine weitere Pfote vom Panda (Nr. 177). Im dritten Tütchen waren ein Zeppelin (Nr. 172), eine Rotbauchunke (Nr. 154) und Johann Wolfgang von Goethe (58). Warum war das Bild vom Panda eigentlich viermal so groß wie das von Goethe?

Tütchen Nummer vier brachte einen Fernsehturm (Nr. 48), allerdings nur das mittlere von drei Bildern eines Hochformats. Ich konnte also nicht sehen, welcher Turm das war. Außerdem lagen in diesem Tütchen noch ein Marienkäfer, rot (Nr. 92) und ein VW Käfer, blau (Nr. 161). Offenbar hatte das ein Witzbold verpackt.

Im nächsten Päckchen entdeckte ich den Kopf von Dirk Nowitzki neben einem Ball (Nr. 102). Schwer auszumachen, was Ball und was Kopf war. Inzwischen hatte ich schon ein paar Sticker doppelt. Dann aber geriet ich an „Luise“ (Nr. 90). Das „Spürwildschwein Luise“? Ich brauchte das Album! Sofort! Ich brauchte Detailinformationen. Ich rannte zurück zu Rewe. Zur Tarnung kaufte ich für 10,44 Euro Erdnüsse und Flips und das Album – und bekam natürlich auch sofort eine weitere Tüte. Ich konnte es kaum abwarten, bis ich zu Hause war. Dort begann ich sofort im Album zu blättern. Aha, mir fehlten unter „S“ der Struwwelpeter und der Störtebeker. Auf einer Seite gemeinsam der schlimmste deutsche Erziehungshansel und ein erfolgreicher Anarchist zur See – das war also Rewes Deutschland?

Ich staunte, blätterte und fand Nr. 90: Luise arbeitet für die Polizei – als Spürwildschwein. Eine Petze also. Ein Denunziant. Ein Drogenschwein! Hoffentlich benutzt niemand das Buch zur Vorbereitung auf den Einbürgerungstest.

Dann öffnete ich mein neues und letztes Tütchen. Diesmal war es übervoll: sieben Sticker! Ich fand Deutschland komprimiert in sieben Bildern: den mittleren Teil eines Waschbären (Nr. 132), eine Leitkuh beim Almabtrieb (Nr. 12), einen Neandertaler (Nr. 106), die Hüfte von Pierre Brice als Winnetou (Nr. 94), den Hackl Schorsch (Nr. 61) und noch zweimal Luise. Ich begann die Bilder einzukleben, wenn auch anders als vorgesehen: Luise auf das Feld von Biene Maja und Georg Hackl auf Boris Becker. Die Hüfte von Pierre Brice anstelle von Albert Einstein. Und auf Luises Platz klebte ich den Steffi-Graf-Glitzer-Sticker (57).

Dann ging ich nochmal zu Rewe. Mit allen Einkaufstaschen, die ich hatte. Ich brauchte mehr Stickertütchen. Ich wollte Deutschland umkleben. Langsam begann mein Land mir zu gefallen …

DIE WALDORFLEHRERIN

2019 feiern die Waldorfschulen ihren 100. Geburtstag! Das will gewürdigt werden. An der Waldorfschule Berlin-Dahlem wurde dieses Gedicht sogar eurythmisch aufgeführt.

Du gehst mir nicht mehr aus dem Sinn
Es zieht mich alles zu dir hin
Weil ich von dir verzaubert bin
Du bist 'ne Waldorflehrerin.

Ich war dir zufällig begegnet
Denn es hatte schwer geregnet
Und ich betrat, es wurd' 'ne Wandlung,
Die Anthroposophen-Bücherhandlung.

Ich verlor fast die Kontrolle
Sah dich im Kleid aus Walle-Wolle
Das war so flieder-violett
Ich wollte gleich mit dir in's Bett.

Dich umspielte sanft dein Tuch
Du blättertest in einem Buch
Ellersiek, Berührungsspiele
Berührungsspiele wollt ich viele.

Ich habe dann sehr vegetarisch
Mit dir gegessen, exemplarisch
Erklärtest du mir Pflicht und Sinn
Einer Waldorflehrerin.

Ich erspürte plötzlich Grenzen
Meiner sozialen Kompetenzen
Meine Welt war immer physisch
Und bisweilen sogar zynisch.

Du offenbartest neue Welten
In denen and're Regeln gelten
Das was für dich alleine zählt
Beschreibst du als „geistige Welt".

Ich war von dem total verwirrt
Gleichzeitig war ich fasziniert
Ich hab das alles nicht verstanden
Doch ich wollte bei dir landen.

Anthros haben keine Normen
Aber weiblich runde Formen
Dürfen nur Anthroposophen
Mit dir in einem Bette poofen?

Du unterrichtetest seit Wochen
Handarbeiten in Epochen
Sagtest, Erkenntnis wird gemacht
Am besten geistig über Nacht.

Ich habe dir nicht widersprochen
Denn ich wartete schon Wochen
Auf deinen Sinn und Sinnlichkeit
Ich war echt epochal bereit.

Du bewegtest dich ägyptisch
und sagtest mir, das sei eurythmisch
du tanztest mir: Ich liebe dich
alleine, ich verstand dich nicht.

Geistig bin ich nur ein Kleiner
gegen deinen Rudolf Steiner
nimm mich trotzdem. wie ich bin
nimm mich – Waldorflehrerin!

LYRIK AUF LKWS

Ich blättere regelmäßig in den Klassikern wie auch in den Neuerscheinungen des Büchermarkts. Es endet immer gleich: Bücher geben mir nichts mehr. Ich nehme dann meinen Wagen und fahre zur Autobahn. Will ich mich entspannen, fahre ich zum nächstgelegen Rasthof, LKWs lesen. Ich bin fasziniert von der Kurzprosa auf den Hänger-Planen. Drei-Wort-Literatur: „EHL – Kompetenz in Stein". Oder „EHL – Steine für's Leben". Das mag ich. Keine Schachtelsätze. Nicht dieses endlose Thomas-Mann-Geschwurbel. Der Zauberberg. 1. Teil, Seite 292: „Das spätere Geschäft der Verwesung sah er vorweggenommen durch die Kraft des Lichtes Komma das Fleisch Komma worin er wandelte Komma zersetzt Komma vertilgt Komma zu nichtigem Nebel gelöst Komma und darin das kleinlich gedrechselte Skelett seiner rechten Hand Komma um deren oberes Ringfingerglied sein Siegelring Komma vom Großvater her ihm vermacht, Komma schwarz und lose schwebte Doppelpunkt ein hartes Ding dieser Erde Komma womit der Mensch seinen Leib schmückt Komma der bestimmt ist Komma darunter wegzuschmelzen Komma so dass es frei wird und weiter geht an ein Fleisch Komma das eine Weile wieder tragen kann Punkt."

Fürchterlich!

Dagegen eine LKW-Aufschrift wie: „Lückenlos guter Beton". Ein Satz wie von Hemingway! Gemeißelt! „Der alte Mann und das Meer": „Der alte Mann war dünn und hager Komma mit tiefen Falten im Nacken Punkt."

„Lückenlos guter Beton!" Und: „Kompetenz in Stein!" Das ist weit mehr als ein billiger Slogan, das ist Message und Verheißung. So eine Nachricht auf der Wagenplane beruhigt mich mehr, als die Bibel mir je Trost bringen könnte.

Manchmal sind auch in Ladenschaufenstern faszinierende, oft geheimnisvolle Nachrichten zu lesen. Bei Lidl in Kassel fand ich: „Frischfleisch – neu!“ Rewe Köln druckt auf Werbebannern: „Warum woanders suchen, wenn hier finden!“ Ein bisschen lang vielleicht, aber die Message ist konzentriert! Ich laufe auf der Raststätte umher und sehe einen neuen LKW. Ich lese: „Deutsche See – Fischmanufaktur!“ Da weiß man sofort, worum es geht. Hering, einzeln und von Hand gemacht.

Dann ein richtiges Werk von geradezu Tolkienschem Umfang auf grüner Plane: „Wir bringen die original Spreewälder Gurken. Spreewaldhof – der Heimathof für Gurkenfans!“ Begeistert lese ich beim Umrunden des Fahrzeugs auf der Seitenplane: „Meine Gurke hat Vorfahrt.“

Das nächste Fahrzeug. Als großer Eyecatcher steht dort: „Feiner pinkeln.“ Klein darunter: „Bädershow Peter Jensen. Schicke Urinale für zu Hause.“ Herrlich!

„Soestmeyer – We know how“. Großartig! Ich fordere Literaturpreise für die Kürzestform. Schön wären auch „Reime für schnelle Leser“, also „Lyrik am LKW“. Die Ballade oder auch das Sonett als Form ist für das Lesen im Vorbeifahren sicher zu lang, aber ein kleiner Zweizeiler, auch mal ein Vierzeiler ist schnell auf die LKW-Plane gedruckt und flott gelesen. Ich arbeite inzwischen an eigenen Werken und notiere noch an der Raststätte: „Ist der Tag auch noch so grau – we know how“.

Selbst für diesen Vierzeiler reicht eine kleine Ampelrotphase: „Suchst du in dem Vielen
ausschließlich nach Stabilem,
nach dem festen Sein –
Kompetenz in Stein“

KONSTANTZ IN KONSCHTANZ

Ich habe eine ganz neue Art von Urlaub gemacht. Ich war am Bodensee. Konstanz. Sie hat diesen Urlaub organisiert. Sonst plane ich unsere Urlaube. Meine Reisen führen nach Gomera, Genua und Finnland. Ihre Reise nach „Konschtanz", wie es vor Ort heißt.

Meine Freundin kennt sich hier aus und war häufiger hier, bevor sie mit mir zusammen war. „Lass dich doch mal drauf ein!", hatte sie im Frühjahr gesagt. Daraufhin entschieden wir, in diesem Jahr nicht nach Finnland, sondern nach Konstanz zu fahren. Die Sprache hier ist aber ähnlich wie in Finnland, jedenfalls versteht man auch fast nichts. Aber immerhin haben sie hier auch zwei Seen, „woisch"? Das ist Schwäbisch und bedeutet: „Weißt du?"

Die Menschen vor Ort behaupten übrigens, die Sprache und Region hier sei „Badisch" und nicht „Schwäbisch", aber das stimmt nicht. Ich war neulich in Berlin und weiß jetzt: Es ist Schwäbisch!

Um die beiden Seen soll ich drumrumfahren, mit dem Fahrrad, obwohl es auch Boote gibt, die zum anderen Ufer schippern. „Lass dich doch mal drauf ein!", hat sie wieder gesagt. „Und warum schaust du immer aufs Handy?"

Ich schaue aufs Handy, weil ich nachschlage, ob das Substantiv zu „konstant" „Konstantz" oder „Konstanz" heißt. Ob ich das unter „mich einlassen" verstünde. Ich finde schon, sage das aber nicht. Dann nehme ich die Fahrräder vom Heckträger.

Sie hat eine Ferienwohnung gemietet, die in einem Yogastudio ist beziehungsweise drumrum. Ich kenne kaum eine Frau, die in den letzten zehn Jahren nicht Yoga-Lehrerin geworden ist. Alle anderen Frauen nehmen an Yoga-Kursen teil.

Die Wohnung ist „nach Feng-Shui" eingerichtet. Die Folge: Ich kann nicht schlafen. Sie könne hier sehr gut schlafen, sagt sie am nächsten Morgen. Ob ich mich nicht gewöhnen könne? Ich sage, ich könnte ja mal versuchen, mich einzulassen. Bei mir zu Hause ist übrigens das Gegenteil von Feng-Shui, und ich kann dort immer und sehr gut schlafen!

Jetzt überlege ich, wie ich heimlich Gerümpel ins Feng-Shui legen könnte, ohne dass sie es merkt, denn sonst kann garantiert sie nicht schlafen.

Außerdem, sagt sie, hätte ich bloß nicht schlafen können, weil es seit Wochen meine erste Nacht ohne Alkohol gewesen sei. Daran müsse sich mein Körper wohl erst mal wieder gewöhnen. „Ja", sage ich, „da muss der sich drauf einlassen." Ihre Augenbraue ruckt hoch.

Die Wohnung liegt voller Kristalle und Klangschalen, und der Boden ist aus Holz. Auf dem Infoblatt steht: Der Boden „möge es" nicht, wenn man barfuß auf ihm gehe. Trotzdem solle man bitte die Schuhe ausziehen. Bitte? Meine Füße sind aber sehr gern barfuß auf Holz unterwegs. Na gut, dann laufe ich eben mit meinen Clogs hier rum. Dann bin ich immer noch barfuß auf Holz, und „Schuhe" sind das auf keinen Fall. Da muss sich der Boden drauf einlassen.

Dann schaue ich ins Bücherregal. Yoga, Esoterik, Mantra, Tantra, Buddha. Und dann entdecke ich es: *„Jetzt ändere ich meinen Mann – Wie Sie ihn einfach umkrempeln, ohne dass er es merkt!"* Auf was habe ich mich hier bloß eingelassen?

JA KLAR, ICH BIN SCHULD

Ich bin schuld. Ich bin eigentlich immer schuld. Erstens sowieso, als Mann. Aber vor allem ich im Besonderen. Ich bin immer schuld. Egal, um was es sich dreht. Neulich, im Urlaub. Wir hatten einen Warmwasser-Boiler. Sie kam vom morgendlichen Duschen. Ich hatte zuerst geduscht. Ich dusche sonst nie zuerst. Sie hatte nur etwa eine Minute heißes Wasser gehabt. Dann nicht einmal mehr warmes. Ich hatte das komplette warme Wasser weggeduscht. Der Tag war gelaufen. Und ich war schuld!

Einmal hat sie mich in Griechenland im Pensionszimmer eingeschlossen. Ein Zimmer ohne Telefon. In einem Jahrhundert ohne Handys. Sie dachte, ich sei schon unten. Aber ich war noch im Bad. Sie hatte zugeschlossen. Zwei Mal. Dann hat sie zweieinhalb Stunden im Restaurant auf mich gewartet. Aber ich war schuld! Sie schloss auf, sah mich erstaunt an, realisierte die Situation und sagte dann – entrüstet – zu mir: „Du bist sonst nie als Letzter im Bad!"

Dabei war ich sowieso schon schuld. Sie hatte mich gefragt, was sie mitnehmen solle. Ich hatte gesagt: „Nicht so viel!" Jetzt hatte sie nicht genug.

Ich bin immer schuld. Wenn wir einen schlechten Tisch im Restaurant haben, sagt sie: „Ich wollte ja gleich da drüben sitzen, aber du wolltest ja unbedingt hier hin."

Wenn das Theaterstück schlecht ist: „Du wolltest das ja unbedingt sehen."

Und wieder – Schuld. Und das sind nur die kleinen Dinge.

Wo es bei uns wirklich schiefläuft, da bin ich aber so was von schuld.

„Ich wollte eigentlich nie heiraten", sagt sie. „Ich habe mich von dir überreden lassen."

Sie hätte gern das Gefühl, trotz der Heirat unabhängig zu sein. Und sie möchte in den Urlaub so viele Schuhe mitnehmen können, wie sie will. Jetzt habe sie eindeutig zu wenig. Und ich sei schuld. Und jetzt hat sie mich. Und wird mich nicht wieder los. Weil wir verheiratet sind. Sagt sie. Und an der Heirat sei ich schuld. Und weil wir verheiratet seien, würde sie sich dermaßen unfrei fühlen. Sich unfrei zu fühlen verursache ihr aber mir gegenüber das Gefühl, schuldig zu sein, da ich sie ja liebe.

Ich frage sie, ob sie mich nicht mehr liebe oder ob sie nicht mehr geliebt werden wolle.

Doch, sie wolle schon geliebt werden wollen, aber sie wolle geliebt werden wollen, ohne sich schuldig fühlen zu müssen – weil sie sich frei fühlen wolle.

Ich sage ihr, ich verstünde sie nicht ganz, aber das sei sicherlich meine Schuld.

Sie fragt, ob ich ihre Schuld noch vergrößern wolle, indem ich ihre Schuld auf mich nehmen wolle.

Ich sage ihr, ihre Schuld sei mir völlig egal, es gehe doch gerade um meine. Sie sagt, das sei ja mal wieder typisch für mich, ihre Schuldgefühle nicht ernst zu nehmen.

Ich sage ihr, dass ich sie nicht verstehe. Und ich hätte das Gefühl, wir redeten im Kreis.

Ob das etwa ihre Schuld sei? Ob ich ihr die Schuld daran geben wolle, wenn ich nichts begreifen würde?

Ich sehe sie an. Und ich merke plötzlich, dass ich mir keiner Schuld bewusst bin.

Das merkt sie sofort. Sie sagt, ich würde mich in Wirklichkeit gar nicht schuldig fühlen und ich täte nur so, als ob ich schuld sei, um der Tatsache aus dem Weg zu gehen, dass ich schuld sein könnte.

Ich denke kurz nach. Dann sage ich ihr, dass ich mich aber zumindest schuldig fühlen würde, dafür dass ich keine Schuld spürte. Das sei doch immerhin etwas.

Sie sagt, alle Männer seien gleich. Ich sage, da könne ich nun wirklich nichts für, da seien die anderen Männer dran schuld.

Nun holt sie tief Luft und sagt, ich könne meiner Schuld nicht aus dem Wege gehen.

Ich sage, ich wolle über meine Schuld nachdenken und ginge deshalb in die Kneipe.

Das sei typisch, sagt sie, mit Alkohol vor der Schuld davonlaufen.

Ich sitze in der Kneipe und sehe es deutlich vor mir: Ich habe sie geheiratet, und jetzt hat sie mich und ich bin schuld. Ja, sie hat Recht. Ich möchte mich umtaufen lassen. Ich möchte einen neuen Nachnamen. Ich möchte Schuld heißen. Bernd Schuld.

GOTT RUFT AN

Ich saß zu Hause, die Glotze lief. Ich hab durchgeschaltet. Flasche Wein. War nicht die erste. Da klingelte mein Telefon.

Ich ging ran: „Tach auch, hier ist Bernd."

Eine sonore Stimme sagte: „Hier ist der Boss."

Ich war überrascht: „Wie? Der Boss?"

Er ergänzte: „Von allem."

Die Stimme kam auch so von oben.

Ich sagte vorsichtig: „Warum meldest du dich nicht mit deinem Namen?"

Er sagte, so ganz von oben herab: „Wer sagt schon gerne Gott zu sich selbst."

Seine Stimme klang irgendwie traurig.

„Alles klar bei dir?", fragte ich.

„Bei mir ist gar nichts mehr klar", sagte er.

Ich fragte: „Was hast du denn?"

„Liest du keine Zeitung, Bernd?"

„Doch, schon."

„NSA!"

„Wie, NSA?"

Und dann flüsterte er: „Die kennen keine Grenzen – die hören mich ab!"

Ich sagte: „Das gibt's doch gar nicht! Ich meine – immerhin bist du Gott!"

„Eben", sagte er. „Sie hätten doch nur um Amtshilfe bitten müssen."

„Genau, wenn einer alles weiß, bist das doch du!"

„Eben!", sagte er wieder.

Ich fragte: „Äh, wieso hast du eigentlich nicht gemerkt, dass du abgehört wurdest?"

Und Gott sagte: „Ich hab einfach zu viel Vertrauen! Ich

dachte, jeden hören die ab, sogar eure Merkel, aber doch nicht mich!"

Ich sagte: „Das ist vielleicht viel mehr deine Merkel als unsere. Die ist nämlich Pastorentochter."

„Das heißt doch heutzutage auch nichts mehr."

Ich war perplex: „Und die NSA?"

Er sagte: „Die haben unsere Computer gehackt und Trojaner eingeschleust."

Ich war erstaunt: „Seit wann arbeitest du mit PC?"

„Dafür hab ich mir den ausgedacht!"

„Der ist von dir?"

„Dachtest du, der ist von Bill Gates?"

Ich sagte: „Irgendwie schon."

„Bernd, ich wollte endlich etwas Perfektes schaffen. Nicht wieder so ein Desaster wie euch!"

Ich sagte: „Moment! Wir Menschen sind ein Desaster?"

„Gelungen wäre anders."

„Ich verlier' gleich meinen Glauben."

„Bernd, du musst nicht mehr an mich glauben. Du weißt, dass es mich gibt. Du telefonierst mit mir."

„Stimmt! Mehr Realität als miteinander zu telefonieren ist heutzutage nicht möglich. Aber, Gott, wieso hast du die blöden PCs überhaupt erfunden? Du musstest doch wissen, was da alles kommt. Spionage, Vorratsdatenspeicherung ..."

„Bernd, alles kann ich mir auch nicht merken. Weißt du, wie viele Milliarden ihr inzwischen seid? Ich merke mir ja schon viel, aber alles von allen ist selbst für mich zu viel."

Ich war entsetzt: „Du machst selber Vorratsdatenspeicherung?"

Und er sagte: „Excel-Tabellen."

Ich rang nach Luft.

Und dann hab ich noch gemurmelt: „Gott führt Excel-Tabellen, unglaublich!"

Ich fragte: „Du denkst wirklich an uns alle?"

„Mehr oder weniger."

Dann sagte er: „Mit den Katholiken ist es leicht, da kann ich alle Daten löschen, sobald sie gebeichtet haben. Aber bei euch Evangelen kommt die Abrechnung erst am jüngsten Tag. Dafür brauchst du auch den entsprechenden Speicherplatz!"

Ich sagte: „Aber sag mal, wenn du das Netz und die PCs erfunden hast, stell das doch einfach ab, dann kann dich auch keiner mehr abhören."

„Die wissen schon zu viel über mich. Er hat mich einfach reingelegt."

„Wer er?"

„Na, der Pferdefuß!"

„Der Teufel??"

„Wir betreiben das Netz zusammen!"

Ich war sprachlos: „Und jetzt hackt dich die NSA?"

Und Gott sagte: „Die NSA war übrigens auch seine Idee."

„Vom Pferdefuß? Sag mal, hören die hier bei uns auch mit?"

„Ich glaub nicht. Von dir hält er nichts. Bernd, du bist wirklich der Einzige, mit dem ich reden kann."

„Heißt das, ich bin der Letzte, der nicht abgehört wird?"

„So kann man das sagen!"

„Und was ist mit Snowden?"

„Bernd – meinem Sohn war langweilig, und er wollte noch mal ran."

„Snowden ist Jesus?"

„Das nicht gerade, aber sie arbeiten zusammen."

„Ich fass es nicht!"

Dann sagte er: „Meine Frau ..."

Ich sagte: „Wie? Deine Frau?"

„Maria. Wir sind wieder zusammen."

„Bitte? Ihr seid wieder zusammen?"

„Die Sache mit Josef ist vergessen. Und Maria, die ist ja topfit mit IT, die berät jetzt die Merkel."

Und dann hat er aufgelegt.

NIE WIEDER ZU SPÄT KOMMEN

Ich komme zu spät. Immer. Nicht gerne. Nicht absichtlich, so nach dem Motto: Wenn du als Letzter kommst, wirst du wenigstens wahrgenommen. Nein, ich bin einfach immer zu spät. Schon bei der Geburt. Zehn Tage zu spät. Meine Mutter hat damals gesagt: „Gümmer too laote! Gümmer too laote. All bi diene Geburt bis du too laote kurm." Ich habe nicht gewusst, dass sie damals zum ersten Mal auf mich gewartet hat.

Heute warten Freunde auf mich, Geschäftspartner, meine Freundin – alle warten, dass ich komme.

Aber nun war der Tag gekommen, an dem ich der Welt ein Schnippchen schlagen würde. Ich wurde wach und sah es vor mir: Heute kein „zu spät", im Gegenteil. Heute würde ich meiner Welt voraus sein. 24 Stunden voraus! Ich war entschieden. Ich würde heute den Tag von morgen leben.

Konsequent und ab sofort. Heute war mein Morgen. Ohne Wenn und Aber.

Als Erstes ging ich raus, Brötchen kaufen. Und Zeitungen. Ich wusste, das würde schwierig werden. Allein schon die Kleidung. Das Wetter war hochsommerlich warm. Für morgen war aber ein Temperatursturz vorhergesagt mit Unwettern. Ich zog also meine Regenjacke an, dicke Stiefel, und vorm Haus spannte ich den Schirm auf. Ich schwitzte sofort, aber was sollte ich machen? Morgen war morgen und nicht heute, und morgen war kühl und regnerisch.

Beim Bäcker sagte ich: „Ich hätte gern zwei Brötchen. Sie können von gestern sein."

Die Bäckerin starrte mich entsetzt an: „Wir verkaufen keine alten Brötchen."

Ich sagte: „Das ist nicht schlimm. Bei mir ist grad morgen, und da sind die Brötchen von heute von gestern."

Sie sah zweifelnd nach draußen und blickte dann auf meine Kleidung.

„Sie haben etwas viel an", sagte sie nach einer Pause.

Ich sagte: „Kein Wunder, bei dem Wetter."

Sie antwortete: „Sie müssen die Brötchen nicht bezahlen. Und alles Gute für Sie."

Im Rausgehen hörte ich, wie sie ihrem Lehrling zuflüsterte: „Bei manchen Leuten geht das ja ganz schnell. Da geht das von heute auf morgen."

Mit den Zeitungen lief es ähnlich. Ich sagte: „Ich hätte gern eine Tageszeitung von gestern."

Die Kioskdame sagte: „Moment, da muss ich hinten nachsehen, ob wir die noch nicht remittiert haben."

Ich zeigte auf die Ausgabe vor ihr und sagte schnell: „Nein, die da tut's auch."

Als sie mir das Wechselgeld gab, sagte sie misstrauisch: „Die ist aber von heute."

Ich sagte: „Morgen ist sie von gestern."

Daraufhin sagte sie sauer: „Kommen Sie mir nicht so, Sie Klugscheißer. Ich hab auch mal studiert. Und morgen kaufen Sie Ihre Zeitung lieber woanders."

Ich war etwas unsicher geworden und flüchtete mit der Zeitung von heute in mein Morgen.

Zum Mittagstisch ging ich in den Petersberger Hof. Heute gab es Farfalle mit Lachs und Lauch als Angebot. Morgen Hähnchenbrust mit Spinat und Kartoffeln. Ich bestellte das Essen von morgen.

Uschi, die dort immer mittags arbeitet, sie stammt übrigens aus Polen, sagte in ihrem unnachahmlichen Tonfall: „Warum isst du nicht von heute? Das andere kostet Doppelte! Und zu viel an hast du auch."

Ich antwortete: „Ich esse von morgen, weil das mein Heute ist."

Uschi sagte: „Und Wetter hast du auch von morgen? Kannst du machen, was du willst. Sind noch mehr Verrückte in mein Lokal. Aber kein Wunder, wenn du keine Frau hast. Wer soll mit so eine leben, der heute schon Wetter von morgen hat."

Um 14 Uhr sah ich mir dann im ZDF einen Film über südafrikanische Springböcke an, der für morgen angekündigt war. Es lief ein Film über europäisches Rotwild, das war nicht so weit auseinander.

Am Nachmittag hatte ich Probe mit Gertrud. Also eigentlich ja erst morgen. Um 14 Uhr. Ich ging pünktlich hin und klingelte. Niemand machte auf. Mir fiel ein, dass sie nie aufmacht, wenn dort einfach nur geklingelt wird. Ich rief an.

„Ja?"

„Gertrud? Bist du nicht zu Hause?"

„Doch."

„Ich hab geklingelt."

„Du warst das."

„Wir haben Probe", sagte ich.

„Heute?", fragte sie erstaunt.

„Nein, morgen."

„Aber warum kommst du dann heute?"

„Ich wollte mal pünktlich sein."

„Verstehe."

„Ich mache heute schon mal den Tag von morgen."

„Gute Idee. Nur für mich etwas blöd."

„Wieso?"

„Bei mir ist noch der Typ von gestern."

Ich dachte kurz nach und sagte: „Dann ist der ja schon den zweiten Tag da."

„Mir kommt es vor wie einer."

Ich hörte, wie sie bei diesen Worten grinste.

Ich fragte: „Kann der nicht morgen wiederkommen?"

„Nee, morgen ist doch Probe."

„Gut, dann fahr ich wieder. Bis morgen. Aber ich weiß nicht, ob ich es da noch mal pünktlich schaffe."

„Kein Problem, Bernd. Bis morgen dann. Und trink nicht mehr so viel."

SONNENBRAND UND MÜCKENSTICHE

Ich war mit Isabel im Urlaub, damals in Griechenland. Wir hatten zwei große Themen: Sonnenbrand und Mückenstiche. Zuerst zum Sonnenbrand. Haben Sie schon einmal Engländer im Süden Europas beobachtet? Die liegen ab morgens sechs Uhr am Strand. Die sind da schon einerseits krebsrot und andererseits voll breit. Auch der Engländer weiß: Ein bisschen Bier aufs Grillzeug, das macht die Sache kross. Die bleiben dort eisern liegen bis abends um sechs. Dann stehen sie auf, denn sie haben Halbpension. Die lagen auf dem Bauch, haben sich nicht einmal umgedreht den ganzen Tag und haben nun trotzdem auch auf dem Bauch Sonnenbrand. Die Strahlen hauen da praktisch durch!

Wenn es das Melanom durch Sonnenbrand wirklich gibt, müssen wir spätestens in fünf bis zehn Jahren damit beginnen, England neu zu besiedeln.

Der Deutsche ist Gott sei Dank anders. Der kauft sich Cremes mit Lichtschutzfaktor 253. Da müssen Sie sich 17 Tage vor Antritt des Urlaubs eincremen, damit es eingezogen ist, wenn Sie am Urlaubsort ankommen.

Nun hatte Isabel trotzdem diesen Sonnenbrand, und ich musste sie eincremen mit After Sun. Früher gab es lediglich Sonnencreme von Nivea und Kokosöl von Piz Buin. Das war's. Inzwischen gibt es Sun, Sun Care, Sun Claire, Sun Lotion, Sun Oil, Sun Milk, Milky Way, Pre Shave und eben After Sun.

Wer es nicht kennt: After Sun hat eine Konsistenz wie aus dem Seifenspender oder auch wie Samen, wenn er bläulich wäre. Nicht sehr schön in der Hand zu halten.

Isabel war also verbrannt, und ich musste ihr den Rücken eincremen. Da gehen ja Liter in so einen Körper! Liter. Nur über die Haut. Ich glaube, danach kannst du dir auch sparen, auf Kalorien zu achten. Das Zeug ist schneller eingesickert, als ich mein Bier austrinke. Ich hab dann immer auf ihre Füße geschaut, ob etwas ab- oder ausläuft. Das gab natürlich sofort Krach.

Nun brauchten wir auch noch Mückenzeug. Ich suchte nach Sagrotan. Sie schaute leicht verärgert. Ich zeigte auf das Sidolin. Vorwurfsvoll sagte sie: „Autan!" Dann standen wir in diesem griechischen Supermarkt vor Regalen voller Sonnenschutzmittel. Noch nie vorher hatte ich die Packungsaufschriften gelesen. Ich wollte es erst gar nicht glauben. Manche der Mittel sind mit „Reflection System". Ich vermute, da strahlt man zurück. Dann muss sich eigentlich die Sonne selber auch eincremen.

Als Nächstes las ich: „Lipide und Feuchthaltesubstanzen bewahren die Hydrobalance." So etwas suche ich für meine Blumen, wenn ich weg bin! Eine Sonnenmilch war „photostabil". Ich kannte das Wort nicht einmal. Ich fragte Isabel: „Und? Ist in den anderen Entwickler?"

Dann haben wir Autan gefunden. Aber nur mit griechischer Packungsaufschrift. Isabel sagte: „Das kaufe ich auf keinen Fall. Da steht alles in Griechisch drauf! Wer weiß, was da drin ist."

Ich habe dann gesagt: „Schatz, die haben den Euro. Die sind in der EU. Da wird überall das Gleiche drin sein wie bei uns. Und was ist eigentlich in deinem After Sun?"

Das gab schon wieder Ärger, mitten im Laden. Ich habe dann aber dieses griechische Anti-Mücken-Gel doch gekauft. Ich hab es auch benutzt, es wirkte wunderbar. Isabel war eisern und wurde zerstochen. Gekauft habe ich das Mittel aber eigentlich nur wegen der aufgedruckten deutschen Übersetzung der griechischen Flaschenbeschriftung:

Dieses Lotion stoßen die Mucken Zuruck und hilft man zu schlafen. Du mußt dieses Lotion in die nackt Teilen deine Haude spritzen. Spritzen Sie dieses Lotion auch in deine Haude und dann sich schminken. Spritzen sie die Augen nicht, spritzen sie die Lippen nicht. Stellen Sie dieses Lotion weit von der Kinder auf.

DAS BILLY-REGAL

Eine Ode auf den König unter den Regalen zum 40. Geburtstag

Billy
Gäb es für Aufbewahrungskisten
Ebenfalls Bestsellerlisten
Dich brauchte man nicht neu zu küren
Du würdest einsam diese führen
Dich muss man nicht weiter loben
Seit Jahrzehnten stehst du oben.
Billy!

Billy
Beim Auszug meines Vaters Sohn
Da hab ich dich entdeckt; da schon!
In meiner Hütte als Student
Hab ich schon neben dir gepennt
In dir lagen auch Kondome.
Und auch für die gilt: niemals ohne –
Billy!

Billy
Wie oft hab ich dich aufgebaut,
dich vollgestellt, hineingeschaut
dich jahrelang kaum mehr beachtet,
dabei ständig überfrachtet,
pressspanig bog sich das Atom
deiner Regale nur nanon.
Billy!

Billy
Die Rückwand, früher noch genagelt
Hat Demontagen schwer verhagelt
Ihr habt darauf die Welt verändert
Ne Nut gefräst, sehr leicht gerändert
Geklebt als faltbar Tryptichon
Kaum reingeschoben, passt es schon.
Billy!

Billy
wer origamisch Dinge faltet
ist sehr erstaunt, wenn er dich kauft
wie sich die dritte Dimension entfaltet
wie sich der Schraubenhauf enthauft
und ehrlich, deine kleinen Dübel
sind allesamt auch nicht so übel.
Billy!

Billy
Du bist ein wahrer Traum zum Malen
Der König unter den Regalen,
doch bist du auch die Königin
denn du bist wahrhaft androgyn
wie das nur der coole Bill bringt
der bei Tokio Hotel singt.
Billy!

Billy
Nun wirst du 40 Jahre alt,
lebendig und nicht leichenkalt
farbenfroh herausgeputzt,
seit 40 Jahren stets benutzt,
Billy, eines bleibt für ewig wahr,
du immerzu – und nie Ivar.
Billy!

Billy
Muss ich am Ende meiner Tage
In einen Sarg, hört, was ich sage:
Dann wünsch ich mir von meinen Erben:
Legt mich in Billy nach dem Sterben
Deckt mich mit zweitem Billy zu
nur Billy schenkt mir ewig Ruh
Billy!!!

WILD IM WALD

Nichts ist so gefährlich wie der deutsche Wald oder die deutsche Wiese. Früher schaute man nach scheuen Ricken und hörte Kuckuck und Käuzchen rufen. Alle paar Jahre durchstreifte mal ein „Problem“-Bär heimische Wälder und wurde von Presse und pirschenden Jägern nach wenigen Tagen zur Strecke gebracht.

Heute geht man eher um die Haine herum, denn in Wald und Wiese lauern die Gefahren der Jetztzeit.

Inzwischen scheinen dort ganze Horden von Wölfen unterwegs zu sein und ängstigen Bauern und Bürger, als wäre der Wolf ein fieser Würger. Er ist aber ein Schmidtchen Schleicher und geht dem Menschen aus dem Weg. Nein, heißt es erbost, der Wolf jagt im Rudel und sehr gerne Pudel. Wenn er kein wehrloses Zicklein findet und auch keinen deutschen Schäferhund, dann ist es nur eine Frage der Zeit, bis der erste deutsche Wanderer ihm nicht in Großmutters Bett, sondern in Wäldern und auf Lichtungen zum ersten und auch gleich zum letzten Mal begegnet. Längst haben darum die Wanderer aufgerüstet und tragen das Pfefferspray griffbereit am Gürtel wie der Cowboy den Colt und der Schiedsrichter das Freistoßspray. Dabei hat der Wolf keinerlei Interesse am Wandersmann, und die gefressene Großmutter ist und bleibt ein Märchen.

Aber die Welt ist verrückt. Noch verrückter ist die Angst des Deutschen vor dem grausigen „Fuchsbandwurm“. Zutiefst verängstigt lässt der Waldbesucher Wilderdbeeren und Brombeeren am Wegesrand stehen. Als ich vor Kurzem eine leckere Waldbeere nach der anderen frisch vom Strauch vernaschte, kam über die Lichtung ein Wandersmann geschritten, auf einer gekennzeichneten Drei-Kilometer-Runde. Der Wert seiner Bekleidung entsprach addiert – von den Trekkingschuhen über den Rucksack mit Trinkschlauch bis zum wasserdichten Wanderhut – ungefähr dem Preis eines veritablen Gebrauchtwagens.

Während ich kaute, rief er mir schon von Weitem panisch zu: „Vooorsiiicht! Fuuuchsbaaandwuuurm!"

Ich pflückte weitere Beeren, während er auf mich zuhastete. Atemlos durch den Wald stand er dann vor mir, und ich sagte: „Hör mal! So hoch pisst kein Fuchs! Nicht mal, wenn er sich dazu auf den Rücken wirft!"

Noch mehr als vor dem Fuchsbandwurm aber fürchtet sich der Deutsche vor dem Kleinsten: der Zecke. Die Kleinsten sollen ja bekanntlich die Schlimmsten sein, und mit ihnen hat das Böse einen Namen. Mit der Zecke kommt kein reißerisches Säugetier mit. Löwe und Hyäne verblassen. Selbst der Weiße Hai ist nur halb so skrupellos wie dieses Tier aus der Ordnung der Milben, Überordnung *parasitiformes*.

Dieses Viech ist hinterhältig, bös, fies und gemein. Quasi die AfD unter den Tieren. Die Zecke ist die Bestie des Waldes. Der Vampir der Wildgräser. Umgangssprachlich nennt man sie den „gemeinen" Holzbock. Eine wirklich treffende Bezeichnung. Dazu ist es ein Spinnentier, was es Phobikern fast unmöglich macht, überhaupt noch abseits fester Wege zu spazieren.

Kaum saugt eine an uns, will sie uns borrelieren. Aber – nur wenige Zecken sind infiziert, der Rest saugt sich nur voll. Mittlerweile hat jeder deutsche Haushalt mehr Zeckenzangen als Grillzangen. Wer Glück hat, findet die Tiere vollgesogen am Leib des armen Dackels, wer Pech hat, wurde selber von den grausigen Zangen gepackt. Den harmlosen Wanderer überfallen sie, wenn er arglos durch Gräser und Farn streift.

Mit den Bisswerkzeugen können wir dann infiziert werden mit dem Bakterium *borrelia burgdorferi*, das nichts mit der kleinen Stadt Burgdorf in Niedersachsen zu tun hat, sondern mit dem Schweizer Forscher, Parasitologen und Bakteriologen Willy Burgdorfer. Ich will die Folgen nicht verharmlosen. Es kann mit Pech einiges passieren, wenn man sich infiziert, sogar kurzzeitige Lähmungen bis hin zur Gehirnhautentzündung, mit Glück „nur" Gelenkbeschwerden. Darum heißt es, man solle im Wald Strümpfe über die Hosen ziehen. Das sieht aber scheiße aus!

Findet das Tier nicht schnell genug nackte Haut, lässt es sich ohnehin frustriert fallen. Sitzt die Zecke aber, bemerkt man sie nicht ohne Weiteres, denn ihr Biss „sticht" nicht. Früh genug gefunden, kann aber nichts passieren. Und in der Nähe von Weiden mit Tierbestand gibt es kaum infizierte Zecken, denn das Tier mit dem kleinen Kopf ist schlau. 50 Millionen Jahre Evolution haben sich gelohnt. Es weiß: Die Erreger sterben, wenn sie in den Darm von Ziege, Kuh und Schaf gelangen.

Aber es gibt Lebewesen, die schlimmer sind als Fuchsbandwurm und Zecke zusammen. Ich bin auf meinen Streifzügen vielen netten Wanderern begegnet, aber eben auch vielen Ziegen, Schafen und Ochsen der menschlichen Gesellschaft, die vor allem Plastik und Abfall rund um Bänke, auf Lichtungen und Wegen liegenließen. Die haben jeden Zeckenbiss verdient. Manche haben hinter Ruhebänke geschissen. Selten nur erwischt man sie. Denen sei jeder Zeckenbiss gewünscht! Möge der Fuchsstrahl sie beim Scheißen treffen! Und der Wolf soll sie in die rechte und die linke Backe beißen!

Nachdem ich all diese Gedanken über die Zecke erstmals zu Papier gebracht hatte, dauerte es noch genau drei Monate, bis mich eine erwischte. Fünf Wochen später sah ich immer noch eine beachtliche Hautrötung. Der vorsichtshalber konsultierte Arzt sagte: „Ja, da hast du dich mit einem Borrelioseerreger infiziert!“ Ich stellte fest: Dinge, über die ich schreibe, passieren mir auch. Nun, da ich meine Ausführungen um das Thema Wolf erweitert habe, werde ich sicherlich spätestens in vier Monaten einem Wolf begegnen. Seit mir das klar wurde, habe ich im Wald ständig ein Körbchen mit Wein und Kuchen dabei. Und ich trage immer eine rote Pudelmütze.

DAS RÄTSEL DER FINNISCHEN BALZ

Die Finnen sind ein Volk von lediglich 5,5 Millionen Menschen. Sie leben allerdings in einem Land, das fast so groß ist wie die Bundesrepublik, wo mehr als 80 Millionen leben. Allein Berlin zählt 3,6 Millionen Einwohner. Man kann viel Gutes über Finnland sagen, aber das Land ist entschieden zu dünn besiedelt.

Je näher man dem oberen Ende des Landes kommt, desto weniger ist es bewohnt. Hat man erst den Polarkreis überschritten, trifft man überwiegend auf Rentiere und Mücken. Im Gegensatz zu den Finnen hat die örtliche Mücke keinerlei Probleme mit der Vermehrung und schafft locker die eine oder andere Milliarde, während der Finne fast schon bei der Myriade* scheitert.

Warum haben die Finnen es nicht geschafft, im Laufe ihrer nun über hundertjährigen Staatsgeschichte wenigstens die Sechs-Millionen-Einwohner-Grenze zu überschreiten? Wollen sie nicht oder können sie nicht? Hinter alldem steht die große Frage: Wie pflanzt sich der Finne fort? Wie erfolgreich sind Balz und Bemühen?

In Lappland wohnen ganze 1,8 Menschen auf einem Quadratkilometer, in Finnland im Ganzen 16,2. In Deutschland kann nur Wiedenborstel in Schleswig-Holstein (zwei Einwohner je Quadratkilometer) mit Lappland mithalten. In Deutschland selber wohnen 232 Einwohner je Quadratkilometer – damit hat man natürlich eine ganz andere Auswahl.

Wenn also in Lappland überhaupt ein Finne einem anderen vor lauter Bäumen begegnet – wer weiß, ob er oder sie

---

* Myriade = 10.000

ihm oder ihr gefällt? Und wenn beide im Uhrzeigersinn um die Seen gehen, treffen sie sich wahrscheinlich gar nicht. Man müsste sich zumindest entgegenkommen oder zur exakt gleichen Zeit starten.

Ein weiteres Problem für die Balz besteht in den Lichtverhältnissen: Große Teile Finnlands liegen monatelang in absoluter Dunkelheit. Man findet sich einfach nicht! In dieser Zeit, die auch die tiefster Kälte ist, man also den größten Anlass hätte, sich einander zu nähern, ist die Möglichkeit, dass sich Finne und Finnin begegnen, fast gleich null. Selbst Stirnlampen, die einem den Weg weisen könnten, werden oft für Sternschnuppen gehalten. Auch in der dämmerigen Jahreszeit ist auf Langlaufskiern schnell der eine rechts und die andere links an der Birke vorbeigehuscht, und schon hat man sich erneut verpasst.

Im Sommer ist es umgekehrt. Man wird gesehen, aber nun entpuppt sich der Finne als scheues Reh. Und niemals würde der Finne sich im Zeugen öffentlich zeigen. Selbst wenn man nun zueinander findet, ist das noch keine Lösung. Allein, dass man drinnen weiß, wie hell es draußen ist, hält die Finnen vom Wesentlichen ab. Diese helle Jahreszeit nutzt man für Tanz und Gesang. Die Finnen sind zwar ein Wintervolk, das sich eigentlich nur in der Kälte wirklich wohl fühlt, aber eben deshalb geht der Finne im Sommer quasi gar nicht mehr rein, sondern wartet draußen auf die Rückkehr der Kälte und vertreibt sich die Zeit so lange mit Humppa und Tango.

Man könnte nun meinen, der gemeinsame Saunagang müsse zwangsläufig zur Fortpflanzung führen, weil die Finnen immerhin einen Ort haben, an dem man aus der Sicht der Deutschen nackt ist. Aber erstens: In der Sauna will man in Ruhe schwitzen und sich gerade hier nicht auch noch der Last und Fron der Zeugung aussetzen. Und zweitens: Der

Finne geht nun mal nicht mit jedem dahergelaufenen Mitsaunierer nackt in seine Schwitzhütte. Zwar sind Finnen nicht verschämt, aber sie überlegen es sich besser als die meisten Deutschen, wer sie in voller Blöße sehen darf, und deshalb gehen viele bekleidet ins Schwitzbad, das gilt jedenfalls für öffentliche Saunen.

In der Sauna schlagen sich die Bewohner Suomis gern mit dem „vihta", einem Bund aus Birkenzweigen. Der Finne macht dies für sein oder des anderen Wohlbefinden, denn der Finne ist ein reizender Mensch, für den Quälen und Gequältwerden fast undenkbar ist. Auch deshalb kommt die Sauna mit dem Birkenstrauß als Ort für Balz und Bemühen nicht infrage. Der Sadomaso-Roman „50 Shades of Grey" zum Beispiel wurde für den finnischen Markt gar nicht erst übersetzt. In der Sauna will man in Ruhe schwitzen! Jeder Leistungsgedanke ist hier verpönt, und niemand denkt hier jemals an die Vergrößerung der Einwohnerzahl des Landes.

Einfach mal über Sex und Fortpflanzung reden geht auch nicht, denn Finnen sind große Schweiger, zumindest die Männer. Dazu sind die Wörter schwer auszusprechen. Sex ist noch zu schaffen, der heißt schlicht „seksi" , das Geschlecht aber schon „sukupuoli", und Sex haben heißt „rakastella". Wer an das im Finnischen stark gerollte „R", denkt, weiß, wie streng „Minä rakastan sinua" klingt, obwohl es einfach „Ich liebe dich" heißt. Für eine Anbahnung taugt es phonetisch eher nicht.

Nun könnte man vermuten, der Alkohol sei ein „Sanitäter in der Not". Weit gefehlt. Im Alkoholverbrauch liegt der Deutsche knapp vor dem Finnen. Sie trinken also weniger. Und anders. Sie trinken seltener, aber wenn, dann! Aber auch das steht dem Finnen stets im Weg, getreu der alten ostwestfälischen Devise: „Ohne zu schüchtern, mit nicht mehr nüchtern!"

Dann gibt es noch Finninnen, die nur kurz verreisen wollten, aber nicht wieder zurückkehrten und seither in Deutschland oder anderen fernen Ländern leben, wo die jeweiligen Männer diesen wunderbaren nordischen Frauen den Himmel auf Erden versprechen, was sie zwar nicht halten, aber sie enthalten die Damen den Finnen daheim als Paarungspartner vor.

Abschließend muss man feststellen: Finnland bietet weder den idealen Platz noch die günstige Gelegenheit oder eine geeignete Jahreszeit für Balz und Begattung. Im Grunde ist es ein Wunder, dass dieses Volk noch nicht ausgestorben ist.

Wann, wo und wie der Finne sich vermehrt, ist und bleibt eines der letzten großen Rätsel der Menschheit.

CHARLES DARWIN RUFT AN

Ich saß zu Hause, die Glotze lief. Ich hab durchgeschaltet. Flasche Wein. War nicht die erste. Da klingelte mein Telefon.

Ich ging ran und sagte: „Tach auch, hier ist Bernd."

Darauf eine schon ältere, leicht brüchige Stimme: „Hallo, hier ist Charles."

Charles Darwin, Naturwissenschaftler, Entdecker der Evolution, der Entstehung der Arten, der Abstammung des Menschen. Wir kennen uns.

Ich sag: „Charles, wie schön. Von wo rufst du …?"

Er unterbrach mich: „Von oben natürlich. Gott ist grad … der musste mal raus vor die Tür … dem ist hier ein bisschen der Himmel auf den Kopf gefallen …"

Ich fragte: „Gott geht spazieren?"

„Bernd, irgendwie ist Gott auch nur ein Mensch wie du und ich. Der muss auch mal raus in seine Natur."

„Aha."

Charles weiter: „Er hat sein Handy hier auf dem Tisch liegen lassen. Deine Nummer ist ja eingespeichert. Und da dachte ich, ich melde mich mal schnell."

Ich sagte: „Super, Charles! Übrigens: Herzlichen Glückwunsch zum 210. Geburtstag."

„Danke Bernd. Du bist der Erste. Hier oben gratuliert dir ja keiner, wenn du erst mal tot bist. Und vom Chef werde ich total ignoriert. Seit 1882."

Ich sagte: „Dein Todesjahr."

Und Charles: „Er grüßt nicht, er gratuliert nicht. Für alle anderen hier oben hat er Zeit. Nur für mich nicht."

„Aber, Charles, was hat er denn?"

„Ach, Gott ist sauer, weil ich ihm damals die ganze Show gestohlen habe."

„Wie jetzt?"

„Na ja, meine Entdeckung: die Evolution und so. Bis dahin haben ja alle gedacht, Gott hätte das alles gemacht. Die ganze Erde. Jeden Vogel und jeden Wurm. Und als ich dann herausgefunden hatte, die Entstehung der Arten, das war die Natur selber, da war er natürlich sauer."

Ich sagte: „Na ja klar, das versteh ich aber auch. Erst bist du als Gott Jahrhunderte der Superstar. Fast zwei Jahrtausende bist du der Uli Hoeneß des Universums, und dann kommt raus: Urknall. Zack. Moleküle. Amöben. Saurier. Der Mensch. Das Rad. Strom. Thermomix. Und nix davon ist von dir!"

Darauf Charles: „Ich hab auch zu Gott gesagt: ‚Dir geht es doch um die Wahrheit. Und du hast mich ja machen lassen. Wenn du die Leute in dem Glauben gelassen hättest, wärst du auch nicht besser als die Chinesen!'"

Ich unterbrach ihn: „Wieso jetzt die Chinesen?"

Charles weiter: „Die haben auch alle Patente im Westen geklaut. Ich sag immer zu ihm: ‚Ist doch nicht schlimm, dass du das gar nicht gemacht hast. Hauptsache die Menschen glauben an dich. Und immerhin die Zehn Gebote sind doch von dir. Und fast alle vernünftig und nicht evolutionär. Die Nächstenliebe ist doch wichtiger, als wer den Nasenbär gemacht hat. Beim Auto ist auch die Marke entscheidend und nicht der Konstrukteur. Für die Kirchensteuer ist es ganz egal, von wem das Design ist.' Aber ich kann reden, was ich will."

„Wieso denn?"

„Ach, grad wegen der Kirchensteuer. Dann sagt Gott immer: ‚Nicht mal die ist von mir! Die haben sich die Menschen selber ausgedacht. Ich hätte nie geglaubt, dass man damit Geld machen kann.'"

Und dann hat Charles gelacht und aufgelegt.

„AFTER DARK" IN KONSTANZ

Diesen Song wollte ich live erleben, seit ich ihn im Kino hörte. Ich besaß auch zwei CDs dieser Band. Wahrscheinlich als Einziger hier. Die anderen etwa 448 dicht Gedrängten waren nur wegen dieses *einen* Stücks in den Kulturladen Konstanz gekommen, eine ehemalige Kaserne. Ausverkauftes Konzert. 450 Tickets. Sold out. Wir hatten die schwimmbadähnliche, enge Konzerthalle betreten und standen nun in waberndem Rauch. Geil. Wie früher! Wer es gut gelüftet und kühl haben wollte, musste in den abgetrennten Raucherbereich gehen.

Fast pünktlich begann die Band. US-Rock. Gitarren, Kult, Legende! Das Schwimmbad gefüllt bis zum Bersten. Sardellenromantik. Wir waren zwar nicht in Öl eingelegt, aber unsere Leiber glänzten trotzdem. Schweiß floss. Die ersten in der Badeanstalt begannen sich mit Schwimmbewegungen über dem stetig steigenden Wasser zu halten. Ich erwartete jeden Augenblick einen Kurzschluss. Es sah aus, als seien hier noch Leitungen über Putz verlegt.

Wir waren mitten in einer mexikanischen Sauna am Bodensee. Finnen hätten sich wohlgefühlt, aber See und Rhein waren zu weit, um sich zwischendurch abzukühlen. Denn dann würde man womöglich das eine Lied verpassen. Die Schwitzenden kannten doch nur diesen Song der Band, die in Urbesetzung gekommen war. Tito & Tarantula. Tito himself, Peter Atanasoff und Johnny Vatos, dazu Allysa, Marcus und Lolita. Nah wie nie. Näher gibt es das höchstens im Kino.

Super Musik, vom ersten bis zum letzten Ton. Leider warteten alle nur auf „After Dark", das sie aus dem Kino kannten, aus „From Dusk till Dawn", mit Clooney und Tarantino als durchgeknalltem Brüderpaar.

Die Konstanzer waren höflich, aber sie warteten. Außer denen, die wegen Atemnot schon draußen im Sauerstoffzelt lagen.

Und dann kam er, der Song, für den Badener und Badende angereist waren. Dafür sind einst das Wah-wah-Pedal und der Vibrato-Hebel erfunden worden. Im Film gibt es die legendäre Szene, bei der alle Protagonisten zum Showdown im Tabledance-Schuppen Titty Twister landen. Zu „After Dark" tanzt Salma Hayek als Go-Go-Girl mit gelber Schlange einen atemberaubend erotisch-ironischen Tanz, an dessen Höhepunkt Tarantino den Whiskey von ihren Zehen schlürft.

Tito und seine Tarantulas spielten ein ewig langes Solo. In der ersten Reihe tanzte eine Frau im kleinen Schwarzen. Tito rief ihr zu: „Wanna dance Salma?" Er zog sie auf die Bühne, und sie tanzte lasziv wie Salma, nur ohne Schlange. Konstanz hielt den Atem an wie Tarantino im Film.

Bei der ersten Zugabe versuchte meine Freundin noch einmal zu atmen, dann fiel sie um. Ich hob sie auf und trug sie hinaus wie Steve Martin einst Rachel Ward in „Tote tragen keine Karos".

Ich absolvierte das volle Programm: Mund-zu-Mund-Beatmung, Herzmassage, Luftröhrenschnitt. Sie kam zu sich, schaute mir in die Augen und hauchte: „Wanna dance Salma!"

Dann fuhren wir zur Tanke und kauften eine Flasche Whiskey. Wir fuhren auf den nächsten Parkplatz. Ich schob Titos „Tarantism" in den CD-Player, „After Dark" ist gleich der erste Track. Ich stellte laut und ließ die Türen auf. Sie stieg langsam auf die Motorhaube und begann sich zu bewegen. Während sie tanzte, schraubte sie den Deckel der Whiskeyflasche auf.

KÖRPER UND SEELE (2) - HOCH HINAUS

Obwohl ich mal Zimmermann war, hat mich mittlerweile eine irritierende Höhenangst eingeholt. Mir wird schon schwindelig, wenn ich nur Türme sehe.

Allein ein Kirchturmaufstieg bringt mich an Grenzen. Beim Abstieg presse ich mich zitternd an die Wand und taste mich herunter. Aussichtsplattformen mit Glasboden, Turmtreppen mit Metallrosten, all das führt dazu, dass ich kurz davor bin, die Bergrettung zu verständigen. Der ungehinderte Blick nach unten bremst mittlerweile meinen Aufstieg erheblich.

Neulich diskutierten mein Körper und meine Seele genau darüber:

Meine Seele sagte: Los, wir steigen da hoch.

Mein Körper sagte: Wir? Ich bin der, der sich bewegen muss. Du bist hier nur der Beisitzer!

Meine Seele sagte: Diskutier nicht. Geh!

Sagte mein Körper: Ich bin doch nicht verrückt.

Sagte meine Seele: Hast du Angst?

Sagte mein Körper: Angst ist vielleicht das falsche Wort, aber ich will da gar nicht rauf.

Sagte meine Seele: Doch, wir wollen! Ich weiß es, ich bin die Seele.

Mein Körper sagte: Aber im Falle eines Falles bin ich der Körper, der stürzt.

Sagte meine Seele: Aber ich spüre deinen Schmerz!

Sagte mein Körper: Dann solltest du froh sein, wenn ich so vorsichtig bin.

Sagte meine Seele: Nein, ich bin erschrocken, was du für ein Schisser bist!

Sagte mein Körper: Schisser? Ich?

Sagte meine Seele: Ja, du!

Sagte mein Körper: Okay, dann gehen wir hoch.

Sagte meine Seele: Ich warte.

Sagte mein Körper: Ich geh ja schon!

Sagte meine Seele: Endlich!

Sagte mein Körper: Bist du schwerer geworden?

Sagte meine Seele: Ich? Du bist derjenige von uns, der was isst. Ich wiege ja nichts. Äh, übrigens, du kannst jetzt anhalten. Das hier wär mir hoch genug!

Sagte mein Körper: Was? Hier schon? Das sind erst fünf Stufen!

Sagte meine Seele: Höher geht nicht, mir ist schwindelig!

SARONG, WARUNG, WARAN

Ich schenkte mir zum Geburtstag eine Reise nach Indonesien. Indonesien hat ungefähr so viele Inseln wie Finnland Seen oder Schweden Schären. Wirklich gezählt hat das alles noch keiner. Ich setzte mich vor den Atlas, schloss die Augen, tippte blind in die südostasiatische Inselkette und hatte mein Reiseziel.

Ich flog zuerst nach Lombok, gleich rechts neben Bali. Bali ist die schöne Königin, Lombok ist das Aschenputtel der indonesischen Inselkette. Ich war in Kuta und ging am ersten Abend um 23 Uhr vom Restaurant durch das indonesische Dunkel nach Hause. Hier gibt es keine Straßenbeleuchtung. Nachts ist die Stirnlampe für den Lombok-Reisenden das, was für die Seefahrer früher der Polarstern war – die einzige Chance auf Orientierung im weiten Dunkel der Inselwelt. Am Horizont verglühen keine Sternschnuppen, sondern andere Touristen, ebenfalls mit Stirnlampen, leuchten sich ihren Weg heim.

Ich hatte eine Wohnung mit Warmwasserboiler. Nicht, dass warmes Wasser hier nötig wäre – das Wasser war auch so warm! Alles war in diesem Klima warm! Ich auch! Ich wachte auf. Es war fünf Uhr morgens, und ich schwitzte. Es war stockdunkel. Trotzdem sang jemand. Laut. Der Muezzin rief zum ersten Gebet. Die Hähne stimmten sofort ein. Ganz Indonesien ist muslimisch, bis auf Bali. Die Moschee war nur etwa 150 Meter entfernt, der Muezzin wollte aber auch die Gläubigen auf den anderen Inseln erreichen.

Gegen neun Uhr trank ich meinen ersten indonesischen Kaffee. Ini brachte ihn. Ich lernte: Man grüßt mit „salamat pagi“, „Guten Morgen!“ Dieser Gruß gilt bis etwa elf Uhr, dann heißt es „salamat siang“, bis 15 Uhr, danach „salamat soré“ und wenn es dunkel ist, „salamat malam“.

Kleiner, ergänzender indonesischer Sprachkurs: Sarong, Warung, Waran – Sarong, das Hüfttuch als Kleid oder Hose; Warung, der indonesische Kiosk, aber auch mal Imbiss oder Restaurant; Waran, echsenartige Tiere. Der Komodowaran, eine Riesenechse, wohnt ein paar Inseln weiter östlich auf Komodo.

Die Welt hier ist ganz anders als bei uns in Europa. Man pflanzt Reis statt Roggen, man trägt Wickelröcke statt Hosen, man trägt Udeng auf dem Kopf statt Basecap oder Batschkapp.

All die „Motorbikes“, die auf Lombok herumsausen, täuschen ein Tempo vor, das die Insel tief im Inneren hoffentlich nie erreichen wird. Das westfälische „Kommze heut nicht, kommze morgen“ wird hier gelebt wie sonst nur selten auf der Welt. Und das überträgt sich vom ersten Moment an auf den Reisenden. Ich lag, schaute, las, schlief, schaute, las und schlief. Bei Menschen unter 30 heißt das seit einigen Jahren „chillen“, bei den Jahrgängen drüber bzw. darunter heißt es „abhängen“. Ich nannte es nun „lomboken“: wenn man sich die Bananen in den Mund wachsen lässt.

Was stört, sind die anderen Touristen. Die junge, braungebrannte Surfergeneration, überwiegend aus Kanada und Australien. Angela aus Deutschland hat hier ein Haus, das „Melon Homestay“. Sie sagte mir: „Die haben das Surfbrett nicht nur unterm Fuß, sondern auch noch vorm Kopf.“

Die Generation Geiz findet sich geil und ist auf Reisen. Und hat ständig das Gefühl, um sechs Cent betuppt zu werden. Da im Reiseführer stand, dass Trinkgeld unüblich sei, gibt es auch keins. Ich versuchte, drei verständnislos dreinblickenden Jungspunden und BWL-Studenten zu erklären, dass sie sich ein Beispiel an Marx nehmen sollten und nicht an Ackermann und Winterkorn. Sie kannten keinen der drei.

Wie es dort auf Lombok schon in wenigen Jahren sein wird, erlebte ich, als ich noch für ein paar Tage nach Bali fuhr. Ich suchte nach Tempeln und Ritualen und fand erst einmal ein Tohuwabohu aus Einbahnstraßen und Shops, Silberschmieden, Holzwerkstätten, Schneidereien, Losmen (Unterkünfte), Restaurants, Warungs, Hotels, Spas und Massage-Angeboten. Das alles war durchzogen von einer ständig auf- und abschwellenden Sinfonie aus halsbrecherisch kurvenden Motorbikes, ständig hupenden Taxen und den stets mit drängender Stimme ausgerufenen Angeboten aller Art. Für Ruhe muss man in die kleinen Orte ausweichen.

Und trotz alledem ist es dort wunderbar, fremd und einzigartig schön – die Menschen, die Natur, die Musik der Gamelan-Orchester, die geheimnisvollen Opferrituale an die Götter überall in den Häusern und auf den Grundstücken, die kleinen Altäre, die oft in Stufen angelegten Reisfelder, die Kinder, die Enten auf die Reisfelder führen, die „Künstlerstadt" Ubud, die farbenfrohen Kanus der Fischer, unbekannte Pflanzen, erstmals gesehene Kakao- und Kaffeepflanzen oder die Stinkfrucht.

Nur werden eben unermüdlich Dienstleistungen und Waren angepriesen. Ständig. Kaum war ich auf der Straße, schon sollte ich etwas kaufen, etwas mieten oder mich massieren lassen. Niemand schien es für möglich zu halten, dass irgendjemand zuvor mir, dem Reisenden, dieses Angebot jemals gemacht haben könnte. Vor allem kam die stete Frage: „Transport, Mister? Transport?"

Ständig wurde ich das gefragt: „Transport, Mister? Transport?"

Kaum, dass ich mich irgendjemandem näherte: „Transport, Mister? Transport?"

In den ersten Tagen oder, sagen wir eher, in den ersten Stunden, antwortete ich freundlich: „No, thank you!"

Vielversprechend, als böte er, der Balinese, mir eine Wundertüte an, sagte er dann: „I make you good price!"

Ich sagte etwas bestimmter:„No! Thank you."

Er hakte erneut und fröhlich nach: „May be tomorrow?"

Hilflos stand ich dann da und sagte schließlich: „No, I don't think so."

„But the day after tomorrow?"

Und ich dachte: Hier also hat Roland Emmerich seine Inspiration für sein Weltuntergangsszenario bekommen.

Das erlebte ich ständig. Hundertfach am Tag. Immer charmant, nur meine Ablehnung verlor zusehends an Freundlichkeit.

Am vorletzten Reisetag kam mir nachts, 23 Uhr, auf offenem Feld am Rand von Ubud ein Balinese entgegen. Weit und breit stand kein Haus. Ich war unterwegs zu meinem Bungalow. Ich war unterwegs mit meiner Stirnlampe. Wir begegneten uns. Nur er und ich. Beide zu Fuß! Und trotzdem konnte er nicht anders. Es war, als würde der Arzt den Patellasehnenreflex auslösen.

Er fragte: „Transport, Mister? Transport?"

Ich schaute um ihn herum, leuchtete den Boden ab, hinter ihm. Hatte ich ein Fahrzeug übersehen? Er bot mir „Transport" an. Wollte er mich auf Händen tragen?

Am Ende meiner Kräfte nach den hunderten Absagen, die ich an diesem Tag schon jedem unerbittlich auf mich einstürmenden Balinesen hatte entgegenhalten müssen, überschlug sich nun meine fast verzweifelte Stimme, als ich rief: „Ja, sag mal: Womit denn?"

FINNLAND IST „HOT"

Als Finnland sich vor einigen Jahren darauf vorbereitete, als Gastland zur Frankfurter Buchmesse zu kommen, entwickelten die Marketingexperten die Werbezeile „Finnland. Cool." Das ist natürlich Quatsch, wie so vieles, was man den Finnen nachsagt. Finnland war in den letzten Sommern alles andere als cool. Es gab, nach den Rekordtemperaturen der Vorjahre, jeweils neue Rekordtemperaturen! Bis hoch nach Lappland! Und das wochenlang.

Kein Regentropfen fiel dort, während Deutschland entweder fror und man im Ruhrgebiet nach Dauerregen nur noch mithilfe von DLRG und THW per Schlauchboot in die eigene Wohnung kam. Oder aus ihnen heraus. Tausende „Pöttler" mussten damals, 2014, von Wassermassen überrascht, von Tauchern in letzter Sekunde aus ihren Hobbykellern geborgen werden. Währenddessen importierte Finnland chinesische Sonnenschirme. Der Finnland-Tourist kam 2014 gebräunt nach Hause wie nach sieben Wochen im thailändischen Spa oder vier Wochen „exzessive sunbath" an der Côte d'Azur oder den kanarischen Stränden.

Der Finne saunte in diesem Sommer erstmals vor seiner Sauna. Viele gingen einfach nur an die Luft! Um in diesem Sommer im Inneren ihrer Saunen 110 Grad zu erreichen, ließen viele Finnen einfach die Saunatür offen. Abkühlen in den Seen ging leider nicht, aber die Finnen konnten ihre Frühstückseier darin kochen. Mancher Finne ließ für Fertigsuppen einfach den Schweiß von der Stirn in die Tasse tropfen.

Die Finnen sind Weltmeister im Kaffeeverbrauch. In diesem Sommer wurde kein Kaffeewasser aufgesetzt. Man goss das Pulver einfach mit Leitungswasser auf und ließ die

Tasse dann eine knappe Minute in der Sonne stehen. Dann trank man das nun dampfende Schwarz, nachdem man vergeblich versucht hatte, es etwas kühler zu pusten.

Schwarz ist dem Finnen ohnehin die wichtigste Farbe. Er liebt Teerprodukte, und erst die internationale Handelslobby von Hansaplast in den 20er-Jahren des vorigen Jahrhunderts beendete den weiteren Einsatz von Teer bei der Wundbehandlung Kranker, Verletzter und frisch Operierter.

Das schönste Schwarz für den Finnen aber ist jede Art von Lakritz, finnisch: „lakritsi", oder von gesalzenem Lakritz, „salmiakki". Beides gibt es auch als Speiseeis. Oder als Likör von der Firma Koskenkorva. Der schmeckt fantastisch – wenn man ihn runterbekommt. In diesem Sommer karamellisierte mancher „salmiakki" zu einer Art Lakritzbonbon, das man nur schnell im Ganzen schlucken konnte, oder die Masse verklebte sich, unweigerlich angeschmolzen in der Hitze, an Gaumen und Zungen der Finnen, was die Verständlichkeit der finnischen Sprache noch weit über das gewohnte Maß hinaus erschwerte bis verunmöglichte.

Der Finne hat Kurioses zu bieten. Nach Juhannus, dem Mitsommerfest Ende Juni, einem exzessiven Fest, das dem Kölner Karneval in nichts nachsteht, nur die Kostüme fehlen, veröffentlichen die finnischen Zeitungen am Folgetag immer die Zahlen der tatsächlichen Alkoholleichen, also derer, die betrunken vom Steg gefallen sind und ertranken. Seit einigen Jahren kann bei einem Radiosender in Helsinki vorher darauf gewettet werden, wie viele Finnen in diesem Jahr an Juhannus ertrinken werden. Das wiederum zeigt: Der Finne hat Humor.

Die größte Erfindung der Finnen bzw. der finnischen Tourismusindustrie aber ist der Elch. Um es gleich zu sagen: Es gibt ihn nicht. Jedenfalls nicht in Finnland. Der Elch ist ein Mythos. Elche sind den Göttern gleiche Gestalten, also unsichtbar! Aber man kann an sie glauben – wenn man will. Im Gegensatz zu Trollen, in Finnland: tonttus, die es wirklich gibt, wird man dort keinem Elch tatsächlich begegnen.

Die Existenz von Elchen wird mit unzähligen Verkehrsschildern suggeriert. Betrunkene deutsche Urlauber meinen manchmal im herbstlichen Frühnebel Schemenhaftes als Elche zu erkennen, andere verwechseln die wesentlichen kleineren Rentiere mit Elchen. Da müsste man einen Elch schon viel zu heiß gewaschen haben – wenn es ihn denn gäbe! Auch die Geweihe der Rentiere sind kleiner. Rentiere gibt es tatsächlich, und ab dem Polarkreis umkreisen sie begeistert die Autos der Touristen, als habe man sie als Animateure eingestellt.

Die Elche, die wir immer wieder in Naturfilmen gezeigt bekommen, sind geschickte „special effects", Pixelwunder, reine Computerwesen, seit Jahren schon auf einem Niveau, das „Jurassic Parc" und „Planet der Affen" erst jetzt langsam erreichen. Eine geheime Nokia-Abteilung hat seit Jahrzehnten daran gearbeitet. Wie früher die venezianischen Glasbläser durften diese – nur insgesamt drei – Finnen bei Todesstrafe nicht das Land verlassen und ihre Fertigkeiten etwa fremder Industrie oder anderen Nationen anbieten.

Allerdings hätte auch keiner dieser drei Experten je aus Finnland ausreisen wollen, denn was dem gemeinen Menschen „Saus und Braus" ist, das sind dem Finnen „sauna und salmiakki", und das gibt es nun mal nur in Finnland.

CHARLES DARWIN UND DAS ARSCHLOCH

Das größte Rätsel, das ich sehe,
Und wo ich Darwin nicht verstehe:
So viele Arten sind gestorben,
Aus vielen ist nie was geworden.

Gottes Plan ist schon gescheitert,
Wo ein Organ komplett vereitert,
Bei einer Chromosomentgleisung,
Manche starben an Vereisung.

Bis heute ist es unverstanden,
Wie die Arschlöcher entstanden.
Seit Darwin ist nicht einzusehen,
Warum die immer neu entstehen.

Dass Arschlöcher sich wiederfinden,
Statt einfach komplett zu verschwinden,
Dass eines stets das ande're findet
Und sich dann mit dem verbindet.

Charles Darwin hat viel untersucht.
Darwin hat auch viel geflucht.
Warum das Arschloch sich vermehrt,
Das ist bis heute ungeklärt!

DAS CHRISTKIND RUFT AN

Ich saß zu Hause, die Glotze lief. Ich hab durchgeschaltet. Es war kurz vor Weihnachten, darum trank ich eine Flasche Glühwein. War nicht die erste. Da klingelte mein Telefon.

Ich ging ran und sagte: „Tach auch, hier ist Bernd."

Sagte eine mies gelaunte, aber weibliche Stimme: „Hey, Bernd, hier ist Chrissie."

Chrissie, das Christkind! Wir kennen uns.

Ich fragte: „Na, Chrissie? Stress?"

Und Chrissie sagte: „Geht so. Der Weihnachtsmann nervt."

„Wieso?"

„Bernd, er tut so, als wär er hier der Chef. Wie in der freien Wirtschaft: bloß keine Frauen in Führungspositionen."

Ich sagte: „So ist der Weihnachtsmann drauf?"

„Drauf? Bernd, der spielt sich auf. Weihnachten sei Männersache. Er sucht die Rentiere aus. Er bestimmt, wer was kriegt! Er sagt: ‚Ich bringe die Geschenke und nicht du!' Und ich soll dann laufen, also fliegen."

Ich sagte: „Ja, wer von euch beiden bringt die denn nu?"

„Bernd, mir ist es scheißegal, wer die bringt!"

Ich sagte: „Hey, Chrissie! Keine Flüche vom Christkind!"

Aber sie: „Der Alte kann froh sein, dass jetzt schon einige Jahrhunderte ins Land gegangen sind, sonst wäre mein Job nämlich Kinderarbeit, und dann wär es das mal gewesen mit dem guten Image mit Rauschebart!"

„Chrissie, du bist aber geladen!"

„Stimmt doch! Alle reden vom Weihnachtsmann, aber ich bin bei vielen so ein unbestimmtes Wesen."

„Was soll das denn heißen?"

„Mensch Bernd, Christ-Kind! Das ist echt überholt. Und welches Geschlecht ich habe, ist auch relativ unklar."

Ich sagte, sehr vorsichtig: „Ich denke, du bist weiblich?“

„Wahrscheinlich ja, aber es wäre ja auch völlig egal, welches Geschlecht ich habe. Es geht um die Funktion!“

„Aha.“

„Ja, klar, und ich bring die Geschenke!“

„Bei uns warst du aber nie, bei uns war immer der Weihnachtsmann.“

„Ja, Bernd, weil du evangelisch bist.“

Ich sagte: „Du bringst nur den katholischen Kindern Geschenke? Das ist ja, na, religionsfeindlich vielleicht!“

Darauf Chrissie, ganz streng: „Bernd – gab es Geschenke?“

„Ja, schon!“

„Also bitte! Bernd, ihr habt alles vom Weihnachtsmann bekommen. Der war dafür nie bei meinen katholischen Kindern. Das war eine Art Arbeitsteilung. Ich im Süden, der Weihnachtsmann im Norden.“

„Und heute?“

„Heute, Bernd, sausen wir quer durch das Land. Weil alle so viel hin und her gezogen sind, dass überall welche wohnen. Von allen Konfessionen.“

Ich sagte: „Und was macht ihr zum Beispiel mit muslimischen Familien?“

„Wir drängen uns nicht auf! Ich fliege nur hin, wenn ich ausdrücklich gebeten werde.“

„Und, Chrissie, wer jetzt gar nicht mehr an Gott glaubt?“

Und Chrissie sagte lachend: „Tja, ...die müssen ihre Geschenke alle selber kaufen!“

Und dann hat sie aufgelegt!

NACH DER WEIHNACHTSFEIER

Du kannst in jährlichen Kalendern
Für dich selbst ganz viel verändern,
Doch ein Tag bleibt manifest:
Das Mitarbeiter-Weihnachtsfest!

Egal wie vorab das Interesse –
Am Ende werden es Exzesse!
Und die schlimmste aller Sorgen
Erfüllt sich nach dem Fest am Morgen.

Die Vorsätze sind exzellent:
Früh nach Haus und dann gepennt!
Bisschen, doch wenig Alkohol!
So einen Vorsatz schafft man wohl!

Doch alle Weihnachtsfeiern zeigen:
Ihre Dynamik ist sehr eigen.
Die Stimmung gut und Wein, der fließt.
Ein Abend, den man sehr genießt.

Der Absprung ist ganz schnell verpasst
Und auf dem Abend liegt ein Glast.
Und auch bei Absprung zwei und drei
Bist du natürlich nicht dabei!

Sehr spät ist dieses Fest erst aus.
Sehr früh kommst du zu dir nach Haus,
Wo schlummernd ein Gedanke ahnt:
„Das lief jetzt anders als geplant!"

Nach Haus gekommen gegen vier?
Der Morgen braucht ein Konterbier!
Oder im Bett sich noch mal wenden.
Statt „starten" sollte „heute" enden.

So ist es nun wie jedes Jahr:
Die Fete war ganz wunderbar –
Aber am Morgen diese Qual?
„Das passiert mir nicht noch mal!"

Der, der dies schrieb, der kennt sich aus,
Der kam schon oft zu spät nach Haus.
Der weiß, wie's ist, wenn Augen niebeln –
Jetzt hilft nur Hackbrötchen mit Zwiebeln!

NACH ISLAND MIT PULLI

Mein Vater war Zimmermann. In den eisig kalten Wintern der sechziger Jahre trug er Island-Pullis, wenn er zur Arbeit ging. In denen konnte man Schneestürme und Eisregen überstehen. So erfuhr ich zum ersten Mal von diesem geheimnisvollen, wüsten Land im Norden Europas. Ich wollte auch einen Island-Pulli. Als ich neun wurde, bekam ich ihn. Nun war ich gerüstet für alle Abenteuer, von denen ich träumte: Abenteuer in der Arktis, als Eskimo, die damals noch nicht Inuit hießen, als Wikinger in Norwegen und Island und als Tarzan im Dschungel. Auch der braucht einen Island-Pulli, denn nachts ist es auch im Dschungel kalt.

Dann reiste ich endlich in mein Traumland Island. Ich wanderte an der Küste entlang zu den mythischen Felsen von Lóndrangar. Ich stieg auf Vulkane. Ich wollte zu geheimnisvollen Orten und hatte mir extra einen Island-Pulli gekauft. Es schien die Sonne, ich schwitzte wie Hulle und bekam einen isländischen Sonnenbrand.

Ich stieg der Sonne weiter entgegen und hoffte auf Heißeres: auf Lava. Ich stieg auf den Vulkan Snaefellsjökull. Hier waren ein paar Jahre vor mir ein anderer Deutscher, Professor Lidenbrock mit Neffe Axel und dem Isländer Hans, zur „Reise zum Mittelpunkt der Erde" eingestiegen und nach etlichen Abenteuern heil zurückgekehrt. Am Stromboli sind sie wieder herausgekommen. Drei Männer in Island-Pullis.

Das Geheimnisvollste an Island sind die Trolle und Elfen. Viele Isländer glauben an die Existenz dieser Wesen. Ihre Gegenwart ist ihnen so selbstverständlich und wahr wie ein Papstbesuch in Berlin, Erfurt oder Freiburg.

Ich übernachtete in einem Bed & Breakfast. Nach kurzem

Zögern fragte ich die Hauswirtin Hekla etwas sehr Persönliches: „Glaubst du an Feen und Elfen?"

„Natürlich! Drüben im Felsen wohnt ein Paar mit zwei Kindern. Vom Huldevolk. Hidden People. Sie gehen oft auf der Straße spazieren, mit den Kindern an der Hand. Ich habe ihnen auch bei einer Geburt geholfen."

In Deutschland würde man nach dieser Aussage ein Entmündigungsverfahren einleiten. Sie sprach weiter: „Es ist mir nur unheimlich, wenn mein Mann auf See ist und wenn dann der Vater nachts um unser Haus schleicht."

Es war die erste Nacht seit Jahrzehnten, in der ich bei geschlossenem Fenster schlief. Im Island-Pulli.

In Bjarnarhöfn traf ich Egill und Dagur, gestandene Männer. Hai-Fischer! Sie betreiben auch ein kleines Museum.

Ich fragte sie: „Glaubt ihr an Feen und Elfen?

„Klar."

„Gibt es hier welche?"

„Natürlich, sie wohnen drüben im Felsen!"

„Und was macht ihr damit?"

Erschrocken sahen sie mich an: „Am besten, man lässt sie in Ruhe!"

Auf dem Rückweg besuchte ich noch den Elfenpark von Hafnarfjördur. Man kann sich dort einen Stadtplan kaufen, in dem alle Wohnorte der unsichtbaren Völkerschaften eingezeichnet sind. Im Park lernte ich Soley kennen. Sie versorgte hier in einem umzäunten Gelände Bonsais aus aller Herren Länder. Islands „botanischer Garten".

Ich sagte: „Glaubst du an Trolle oder Elfen?"

Ganz langsam antwortete sie und schüttelte dabei den Kopf: „Nein, Bernd. Nein. Ich glaube – eher nicht."

Sie sah mich an und ergänzte: „Aber meine Tochter ist mit zweien befreundet."

WANDERN IM DIGI-TAL

Die Welt hat sich rasend verändert durch das Digitale, am deutlichsten zu sehen ist das an unseren Kommunikationsstrukturen. Trampten wir als Jugendliche nach Frankreich, hieß es von den Eltern: „Ruf kurz an, wenn du da bist." Wenn wir das nicht machten, war es auch nicht schlimm. Dabei war Frankreich damals unser „Rand der Welt". Heute skypen Eltern täglich mit ihren Kids, die Neuseeland bereisen. Nicht nur die „digital natives" und ihre Eltern, auch viele Großeltern sind fasziniert von den neuen Möglichkeiten des Digitalen.

Viele? Ja, aber längst nicht alle. Manche sind widerständig wie das „kleine gallische Dorf", in dem Asterix wohnt, umlagert von den digitalen Welten. Meine Eltern zum Beispiel, knorrige Ostwestfalen, Denkmäler des Analogen geradezu: Meine Eltern und drei Indianerstämme vom Amazonas sind die einzigen Menschen der Welt, über die man im Internet nichts findet. Das beruhigt sie.

„Wir wollen da nicht rein, uns genügt das Dorf", sagen sie.

Ich sage dann: „Das Internet ist auch ein Dorf. Da weiß auch jeder alles über jeden!"

Meine Mutter hasst Anglizismen. Sie war das „Milchmädchen von Minden", der Weg zur „höheren Schule" verbaut durch die Pflicht, den Vater am Milchwagen zu unterstützen. Samstags hatte sie schulfrei, weil sie mitfahren musste. Ihren Söhnen hörte sie englische Vokabeln ab, ohne diese Sprache je gesprochen zu haben. Eine „Email" bleibt für sie ein „Emil", vor allem, weil sie um die komische Wirkung ihrer Sprachschöpfung weiß.

Ich wollte meine Eltern einbinden ins digitale Zeitalter. Surfen, googeln, mailen. Also kaufte ich ihnen Rechner, Bildschirm und Drucker und sorgte für einen Internetanschluss.

Meine Eltern saßen etwas ratlos vor der Tastatur. Bei meinem nächsten Besuch wollte ich etwas drucken.

„Wo ist denn der Drucker?"

„Den hat dein Bruder mit nach Duisburg genommen, seiner ist kaputt."

Irgendwann wohnten auch Bildschirm und Rechner bei meinem Bruder in Duisburg.

Dabei schreiben meine Eltern viel. Meine Mutter steht in reger Verbindung mit Freunden, Freundinnen und dem in Berlin lebenden Bruder. Und sie schreibt wöchentlich, „von Hand", wie man hier sagt. Mein Vater, ehemaliger Zimmermann und Wandergeselle bei den „Rolandsbrüdern", führt ein Tagebuch. Zu Geburtstagen, Dorfereignissen und Jubiläen trägt er Gereimtes vor, pointensicher schreibt er Verse, die seit Jahrzehnten geradezu erwartet werden. Damit ist mein Vater auch ein Chronist seiner Zeit, er notiert ebenfalls „handschriftlich".

Sie sind interessiert an der Welt. An jedem Gasthaustisch, auch in anderssprachigen Ländern, kommen sie schnellstens ins Gespräch, oft mit Händen und Füßen. Meine Eltern sprechen überwiegend Platt, aber das reicht, um durch die Welt zu kommen. Sie sind für Ostwestfalen ungewöhnlich kontaktfreudig. Letztlich kein Wunder, denn das Milchmädchen musste sich mit der Kundschaft, der wandernde Zimmermann mit der Welt an seinen Reisestationen austauschen. Sie waren schon immer mehr daran interessiert, etwas zu erfahren, als die eigenen Geschichten zu erzählen.

Diese beiden wollte ich nun an die digitale Welt anschließen? Die Tastatur war nur das erste Hindernis. Die Orientierung, wo „e" und „m" sitzen, wo die Feststelltaste für die Großschreibung, das war ihnen zu mühsam, schon allein deswegen, weil diesen beiden „Handwerkern" das Schreiben als Prozess größte Freude macht.

Ich habe in den letzten Wochen mehrfach in Restaurants und auf Plätzen Kinder gesehen, noch mit Schnuller im Mund, denen die Eltern das Smartphone in die Hand gedrückt hatten. Fasziniert und stumm starrten sie auf die leuchtende Oberfläche und „wischten". Für mich ist das kein Fortschritt, sondern Kulturverlust. Neffe und Nichte, acht und zehn Jahre alt, können unsere handgeschriebenen Karten nicht lesen, sie kennen nur noch Druckbuchstaben oder die sogenannte Grundschrift.

Ich finde es großartig, wenn Freunde mir erzählen, sie hätten ihrer Oma ein iPad geschenkt und nun maile sie und habe ihren Facebook-Account selbstständig eingerichtet. Wenn Opa googelt und sonntägliche Wanderungen im Netz vorbereitet, klasse. Digitale Hilfen in der Pflege sind hilfreich und wunderbar. Computerkurse für Senioren, toll.

Aber all das gar nicht zu wollen muss auch noch möglich sein. Konfusion, der große ostwestfälische Weise sagt: „Fortschritt heißt nicht, dass jeder mitgehen muss."

Wir dürfen nicht arrogant die zurücklassen, die nicht mit ins Digi-Tal wandern wollen. Die sind oft gar nicht halsstarrig. Die schreiben manchmal nur gern von Hand.

DAS SCHWARZE LOCH RUFT AN

Ich saß zu Hause, die Glotze lief. Ich hab durchgeschaltet. Neben mir der dritte Espresso. Passiert mir selten, aber ich hatte vergessen Wein zu kaufen. Da klingelte mein Telefon.

Ich ging ran: „Tach auch, hier ist Bernd."

Sagte die vielleicht tiefste Stimme des Universums: „Hallo, hier ist Blacky."

Blacky, das schwarze Loch. Neulich zum ersten Mal fotografiert. Es war sogar auf dem Titel vom Spiegel. Wir kennen uns.

Ich sagte: „Blacky, wie geht's?"

„Super, ich wusste Millionen Jahre lang gar nicht, wie ich aussehe. In der gesamten Galaxie gab es keine Spiegel."

Dann hat er kurz gelacht: „Und wenn, dann wär der ja in mir verschwunden, bevor ich hätte reinschauen können."

Ich sagte: „Irgendwie siehst du aus wie ein Donut. Dein Foto war wie ein unscharfes Bild von einem Gebäckkringel."

„Bernd, ich bin komplett außerirdisch! Ein Backwerk mit Loch? Du versuchst mich so banal und weltlich zu beschreiben? Es ist hoffnungslos. Eure Erde ist zu klein, um mich zu erfassen."

Ich sagte: „Ja, du bist riesig! Und schwer! Du hast ein Gewicht wie 6,5 Milliarden Sonnen!"

Darauf Blacky: „Deshalb muss ich immer lachen, wenn ihr Menschen abends auf Kohlenhydrate verzichtet."

Ich sagte: „Hör mal, es heißt, bei dir krümmt sich der Raum."

Meinte Blacky: „Kann sein, ich achte nicht so auf die Umgebung."

Ich sagte: „Ja, und was ist dann neben dir?"

Und er: „Na ja, eher so … also … nichts."

Ich sagte: „Klar. Und wenn da was wär, das würdest du ja auch gleich einsaugen."

Blacky sagte: „Natürlich! Das, was da mal war, ist jetzt in mir verschwunden."

Ich sagte: „Die Idee deiner Existenz scheint mir, sagen wir, komplex!"

Darauf Blacky, fast vorwurfsvoll: „Ihr Menschen habt jahrzehntelang nicht einmal an die Theorie der Kontinentaldrift geglaubt. Was meinst du, wie lange es da dauern wird, bis die Menschen mich begreifen können. Gegen meine Existenz ist die Kontinentaldrift ein Rezept für Käsekuchen."

Ich sagte: „Nach Einsteins Relativitätstheorie vergeht die Zeit in der Nähe massereicher Objekte langsamer."

Meinte Blacky: „Weißt du, Zeit, das ist hier oben im Orbit … alles so relativ."

Und ich: „Aber Blacky, gibt es außer uns noch Leben im All?"

Da hat er gelacht: „Ja klar, Bernd. Aber nicht so wie ihr euch die in *Men in Black* vorstellt. Die meisten Außerirdischen sind viel schöner als ihr! Klüger sind sie allerdings auch nicht!"

Und dann hat er aufgelegt.

IN SCHWEDEN IN NOT

Ich war mal wieder wochenlang in Finnland unterwegs gewesen. Norden, Süden, Osten, Westen, einmal rundum. Ympäri Suomen. Das ganze Programm. Am Ende hat mich meine Freundin abgeholt zu einer romantischen Rückfahrt. Wir trafen uns in Helsinki, verlebten schöne Tage in Lahti und Hanko, und dann ging es in Turku auf die Fähre nach Stockholm. Dort kamen wir am Abend an, übernachteten und bummelten durch Schwedens Metropole. Am nächsten Morgen war das schöne Leben vorbei. Als ich zum Auto kam, war die Fensterscheibe auf der Beifahrerseite hinten eingeschlagen. Und die Tasche meiner Freundin war verschwunden. Wertsachen hatten wir nicht im Wagen gelassen. Die Lederjacke meiner Freundin lag noch im Wagen, dazu ein Rentiergeweih aus Lappland und die neuen CDs von Nick Cave und Iggy Pop.

„Ist der Weinschlauch noch da?“, fragte meine Freundin. Sie hat einen ausgeprägten Sinn fürs Praktische. Den Wein hatte sie im Flugzeug mitgebracht. Wir stellten fest, dass die Diebe alles Wichtige dagelassen hatten. Dilettanten. Wir suchten das Gebüsch ab und fanden die Tasche. Die Diebe hatten sich nicht für ihre getragene Unterwäsche interessiert, und sogar ihr nagelneues ABBA-T-Shirt war unberührt. In Schweden!

Wir riefen die Polizei. Schon die Empfangsdame des Hotels hatte die Behörden verständigt, sie hatte den Einbruch früh bei Dienstbeginn bemerkt und die Auskunft bekommen, diesen Schaden müssten die Eigentümer selbst anzeigen. Meine Freundin meinte, das hier sei ja nun ein Tatort, und ich solle das Auto auf keinen Fall wegfahren, bevor nicht die Polizei käme. Offenbar ist die Stockholmer Polizei aber nicht interessiert an Wagenaufbrüchen. Sie kämen nicht vorbei, teilte man uns mit, wir hingegen könnten gern kommen und den Schaden anzeigen.

Es war Samstagvormittag, zehn Uhr. Ich rief meine Versicherung an. „Wir glauben dir auch so, dass die Scheibe kaputt ist, für uns musst du da nicht hin und warten, bis du dran bist."

Eigentlich hatten wir ins Fotografica-Museum gewollt und dann weiter nach Deutschland. Aber ohne Scheibe? Wir klappten den Laptop auf und recherchierten mit der Rezeption um die Wette. Ein Callcenter versprach, unsere Anfrage an Carglass weiterzugeben. Man bekommt das leider gar nicht aus dem Ohr: „Carglass repariert, Carglass tauscht aus." Der grässlich nervende Werbejingle. Ein weltweit aktives Unternehmen, auch in Stockholm mit drei Niederlassungen verzeichnet.

Ich wolle sofort und direkt dorthin, sagte ich dem Callcenter. Das habe keinen Sinn, man brauche einen Termin. Ich ließ nicht locker. Ich sei aber ein Notfall. Das sei egal, wenn ich eine Scheibe bräuchte, bräuchte ich auch einen Termin. Carglass werde mich zurückrufen. Wann? Das könne man mir nicht sagen. Meine Freundin fand Adresse und Öffnungszeit von einer der drei Carglass-Niederlassungen in Stockholm – laut Internet die einzige, die auch samstags geöffnet war. Scheinbar werden hier die Scheiben nur von Montag bis Freitag eingeschlagen, wobei mir die Hotelrezeption versicherte, hier würden eigentlich nie Autos aufgebrochen. Nie! Meine Freundin unterbrach unsere Diskussion: „Die haben geöffnet, bis 15 Uhr." Es war 11.30 Uhr.

Vom Hotel bekamen wir eine große Plastiktüte und Klebeband. Ich klebte. Meine Freundin unterbrach mich, ich sagte nur: „Lass mich! Ich war Zimmermann."

Sie sagte: „Das ist eher was mit Holz, oder?"

Verbissen klebte ich weiter. „So! Fertig!“

Sie grinste: „Und wo steige ich ein? Oder du, wenn ich fahre?“

Ich hatte in diesem Zustand zwischen Ärger und Eifer beide Türen überklebt. Man konnte auf der gesamten Beifahrerseite keine Tür öffnen.

Meine Freundin entpuppte sich nun als talentierte Glaserin. Sie holte eine zweite Tüte und entfernte die erste. Sie spannte, klebte, werkelte und collagierte.

„Fertig!“

Sie grinste. Ich auch.

„Na ja, war ja auch nichts mit Holz“, sagte sie generös.

Wir fuhren zu Carglass. Dort war niemand. Nur ein Schild mit den Geschäftszeiten. Demnach hätte der Laden geöffnet sein müssen. Ich telefonierte erneut. Nein, alle Niederlassungen hätten zu, ich bräuchte nun mal einen Termin, ob Carglass mich noch nicht zurückgerufen habe? Also, das täten sie bestimmt. Wann? Ja, das könne sie nicht sagen. Wir sahen uns an, stiegen ein und fuhren nach Deutschland.

Womöglich gibt es in Schweden irgendeine unselige Komplizenschaft zwischen Autoknackern und Glasaustauschern, die einen Fremden zwischen Betriebsschluss am Freitag und Arbeitsbeginn am Montagmorgen unversorgt lassen. Man kann doch wohl erwarten, dass Diebe gefälligst Scheiben einschlagen zu Zeiten, an denen auch repariert werden kann.

Wir fuhren mit 80 und flatternder Mülltüte in der Tür über Autobahnen, auf denen wir ohnehin nicht schneller hätten fahren dürfen. An einer Tankstelle kaufte ich dem schwedischen Tankwart für alle Fälle weitere Mülltüten ab, die großen schwarzen aus dickem Plastik, dazu den Rest einer Kleberolle.

„Wie viel?“ fragte ich.

„Weiß nicht“, sagte er.

„50 Kronen?“, schlug ich vor.

Ich gab ihm den Schein. Er strahlte. Dann fiel ihm etwas ein. Ob ich ein besseres Klebeband wollte?

„Besser?“

Er griff unter den Tresen und überreichte mir ein Päckchen Gaffa Tape. Ich strahlte nun ebenfalls. Und nickte. Kein Konzert oder Bühnenauftritt in Deutschland findet statt ohne dieses Zauberband. Wir schüttelten uns die Hände, Freunde für's Leben, auch wenn uns nur dieses eine Mal begegneten.

Draußen reichte ich das neue Flickzeug wortlos an sie weiter. Ich war der Jäger, meine Arbeit war getan. Nun kam sie und machte erneut die Höhle dicht. Das war eine saubere Arbeitsteilung. Meine Freundin entfernte die alten Tüten, bespannte die Tür mit dieser neuen, festeren, und hieß mich halten und drücken und ziehen. Sie klebte das Gaffa zu einem Gitternetz über Fenster, Tür und Tüte. Danach fuhren wir 140, ohne Flattern, auch durch Regen. Aerodynamisch top. Im Design einzigartig. Und dicht! Von so etwas träumen Autotürenkonstrukteure in der Nacht! Wir durchquerten Schweden. Ich schlug meiner Liebsten vor, ein neues Leben als Autofenster-Designerin zu beginnen. Bis zur Fähre in Helsingborg dachte sie zumindest darüber nach. Von Rödbyhavn/Dänemark brachte uns die nächste Fähre nach Fehmarn. Sonntagabend waren wir daheim. Montagmorgen um 10.20 Uhr rief mich Carglass aus Stockholm an.

Wann ich denn einen Termin haben wolle.

„Gar nicht“, sagte ich. „Wir lassen das jetzt so!“

Dann legte ich auf.

EIN REH IM FLUG

Ich fuhr von Kassel nach Berlin-Spandau. Dreieinhalb Stunden. Dann von Spandau nach Friedrichshain. Sechs Stunden. Am Hotelempfang hieß es: „Ja, die Baustellen. Und dann noch die Bambi-Verleihung."

„Die Bambi-Verleihung?"

„Ja, die Bambi-Verleihung! Wissen Sie das nicht?"

Nein, wusste ich nicht. Halb Berlin war abgesperrt. Stau in Berlin wegen der Bambi-Verleihung! Ich bekam ein Zimmer im fünften Stock.

Am Abend saß ich im Hotel und schaltete mit der Fernbedienung den Fernseher ein. Ich wollte „The Voice of Germany" sehen. Ein TV-Bild erschien. Das Erste. Ich schaute Tagesschau und die Wettervorhersage. Es würde eine kalte Nacht. Dann kam – na? Die Bambi-Verleihung!

Ich wollte weiterschalten zu Samu Haber und den „Muschikanten Bossi Hossi" von „The Voice", da streikte meine Fernbedienung. Ich war zu faul, aufzustehen und neue Batterien zu holen. Ich blieb hängen! Beim Bambi. Zum ersten Mal seit Jahrzehnten.

Zum Auftakt kam Helene Fischer und suchte Robby Williams. Helene Fischer mit bombastischem Ausschnitt und das weiße Kleid so geschlitzt, dass man dachte, durch diesen Vorhang würde Robby nun auftreten. Frau Fischer sagte, Herr Gates sei auch da. Herr Williams sagte, nun käme King Karl, dann betrat aber nicht Lotto King Karl die Bühne, sondern leider nur Karl Lagerfeld, der Victoria Beckham in der Kategorie Fashion ehrte.

Die Ricke für den besten Schauspieler national bekam Tom Schilling. Seine Dankesworte zeigten, wie gut es ist, dass Schauspieler sonst die Texte anderer sprechen. Dann kam

Barbara Schöneberger, mit einem Dekolleté von den Ohren bis zum Boden – und sie kam mit einem neuen Witz. Sie sagte zur Begrüßung in Berlin: „Liebes Leipziger Publikum".

Ihrem Witz über Jan Fedder folgte einer über Oberlippenbärte. „Den tragen nur noch Johann Lafer und zwei Frauen von den Grünen!"

Dann der einzige Lichtblick: Im gelben Pullunder kam Olaf Schubert mit einer wirklich lustigen Nummer über das bittere Kindsein in der DDR.

Dann trat Günter Jauch auf und laudatierte, für wen? Klar! Natürlich. Wer sonst aus Deutschland hätte Bill Gates das Reh überreichen sollen? Dabei könnte der Gates sich von seinem Geld sogar ein richtiges Reh kaufen. Warum Gates so viel Geld hat, erklärte Jauch auch. Der gibt seinen Kindern nur 50 Cent pro Woche Taschengeld. Jauch rechnete vor, dass Gates für sein Vermögen von jedem Menschen der Welt quasi 20 Dollar bekommen habe. Ich überlegte, wie ich meine 20 Dollar von ihm zurückbekommen könnte. Jetzt gibt Bill Gates angeblich viel Geld aus, um Kindern zu helfen. Ein Preis also für den, der dafür gesorgt hat, dass unsere Kinder am PC sitzen, statt draußen zu spielen und Freunde zu treffen.

Dann sang Andrea Berg – in einem Kleid, das noch tiefer und breiter dekolletiert war als das von Frau Schöneberger.

Danach kamen alle Tatort-Kommissare auf die Bühne. Sprecherin für sie alle war, total überraschenderweise die schauspielernde Verlegergattin Maria Furtwängler, die mit dem Preisstifter, Herrn Burda, verheiratet ist.

Dann trat Pep Guardiola auf. Mit einer Laudatio auf Jupp Heynckes. Bei den Worten „fachlich und menschlich" verschluckte Guardiola sein Zäpfchen bei den ch-Lauten. Aber Bayerns Mannschaftsarzt Müller-Wohlfahrt war anwesend und operierte auf offener Bühne. Ein Fußballspiel dauert 90 Minuten, so lang dauerte auch Jupps Dankesrede. Jedenfalls sei Bayern die beste Mannschaft weltweit, sagte er, und Hoeneß habe auch genug Steuern hinterzogen, um diese Mannschaft auch in den nächsten Jahren finanzieren zu können. Den Preis aber habe er, Heynckes, nur angenommen, weil seine Frau mal „raus" wollte, „um Promis zu spicken".

Dann eine Außenschalte von Joko zu Klaas oder umgekehrt, und beide kündigten an, Miley Cyrus käme jetzt, so gut wie nackt, mit noch mehr Ausschnitt als Helene Fischer, Andrea Berg und Frau Schöneberger zusammen. Sie trug aber ein gelbes hochgeschlossenes Top, aus Nicki-Stoff! Enttäuschung im Saal. Trotzdem verneigte sich Joko – oder Klaas – vor ihr. In diesem Moment rückte überraschend Frank Plasberg mit seiner ernstesten Miene das Sterben der Bootsflüchtlinge vor Lampedusa ins Bild. Bill Gates sprang auf und kündigte an, endlich seinen Bootsführerschein machen zu wollen, um auch Flüchtlinge nach Lampedusa fahren zu können.

Dann kam die Ferres ins Bild und mit ihr Carsten Maschmeyer. Er versuchte heimlich, David Garrett eine Versicherung aufzuschwatzen, während die Ferres uns, den Fernsehzuschauern, weiter über Garrett erzählte. Ich war mittlerweile entsetzt, dass ich bislang jeden dieser Stars und Sternchen, jeden Namen auch irgendwie kannte. Frau Ferres war immer noch bei „David" und betont lasziv: „Es gibt Frauen, die bei ‚Klangkörper' nicht sofort an seine Geige denken."

Ich drückte wie verrückt auf der Fernbedienung herum. Nichts. Im Eimer. Alle. Ich sprang auf und rannte zum Fernseher. Ich fand aber an diesem modernen Flachbildschirm keine Tasten, mit denen ich ihn manuell hätte bedienen können. Ich fand nicht mal einen Knopf, um das Scheißding auszuschalten. Kein Kabel war zu sehen. Kein Stecker, den ich aus der Dose hätte ziehen können. Ich ruckelte am Flachbildschirm. Ich dachte plötzlich an Hulk. An Tarzan. Auch an Bruce Willis! Ich ruckte erneut. Die ersten Dübel begannen sich zu lockern. Ich spannte alle Muskeln an. Ich fühlte mich stark. Und wütend. Die Ferres. Der Gates. Der Heynckes. Der Joko. Die Schöneberger. Mein Gesicht verzerrte sich vor Anstrengung. Vor meinem Bauch der Fernseher, darin hub Helene Fischer an zur Schlussmoderation und bedankte sich am Ende der Bambi-Verleihung sehr herzlich für den Echo.

Ein letzter Ruck, und dann hielt ich den Bildschirm in den Händen. Die Kabel waren aus der Wand gerissen. Ich schaute mich im Zimmer um. Ich sah die verglaste Außenwand. Ich dachte an die Rolling Stones. Ich grinste kurz. Dann stapfte ich auf die Scheibe zu und schmiss den Bildschirm durch das geschlossene Hotelfenster. Ein Lebenstraum wurde wahr. Ich schaute der Bambi-Verleihung hinterher und sah ein Reh im Flug.

Das Hotel bestand übrigens auf Schadensersatz, und sie haben mir auch kein neues Zimmer für die Nacht gegeben. Auch meine Versicherung will nicht zahlen. Ich argumentierte, es sei Notwehr gewesen. Ich hätte die Bambi-Verleihung gesehen. Eine Kurzschlusshandlung. Vielleicht auch wegen der Staus in Berlin. Sie sprachen von Vorsatz. Das Fenster sei aus Spezialglas, da hätte man schon ein Zimmermann sein müssen, um diese Scheibe mit einem Fernseher zertrümmern zu können. Ich sagte, ich sei Zimmermann gewesen und zeigte sogar meinen Gesellenbrief.

Sie ließen sich nicht erweichen. Es war die erste Nacht dieses Herbstes mit Temperaturen unter null Grad in Berlin. Kälte wehte durch das zersplitterte Fenster. Ich brauche jetzt noch, Wochen später, Packungen an Taschentüchern. Aber das alles war die Grippe wert.

SUPERHELD RASIERT

Meine Mutter und Superman sind soeben achtzig geworden. Beide haben einiges gemeinsam. Meine Mutter Ilse hatte ein Supergehör, das allerdings in den letzten Jahren weniger wurde. Vorher aber hörte sie das Gras wachsen, besonders wenn man es rauchte.

„Sech eis, haschest du?", fragte sie mich dann gern.

Damit ist „unser Ilse" auch die Erfinderin des Verbs „haschen".

Ilse hatte auch einen Röntgenblick wie Superman, mit dem sie meine Zigaretten fand, als ich dreizehn war. Und sie war ähnlich unverwundbar wie Superman. Es gab nur einen Stoff, der sie umhaute wie Superman das grüne Kryptonit, und das war klarer Korn.

Superman war, im Gegensatz zu meiner Mutter, früher einer meiner Lieblingshelden. Ich hatte noch mehr. Der jüngere Bruder meiner Mutter war damals „vorm Bund" abgehauen, nach Berlin. Wer in West-Berlin lebte, wurde nicht zum Wehrdienst eingezogen. Mein Onkel vertrieb sich in seiner kleinen Junggesellenbude die Zeit mit Comics. Was er durchgelesen hatte, schickte er dann wenige Wochen später als Care-Paket zu mir. Meine ganz spezielle Luftbrücke.

Von meinem Taschengeld kaufte ich mir dann später selber *Superman* und *Batman*. Marvel-Comics mit den Fantastischen Vier, Hulk und X-Men kamen für mich zu spät – zu viele Fähigkeiten. Gestaltwandlungen wie in den Mythen arktischer Völker, aber ohne deren Zauber. Ich brauchte den Helden in seiner Verletzbarkeit, ohne dass die Haut vom Cape geschützt war wie bei Batman oder ohnehin unzerstörbar wie Superman. Darum war einer meiner Helden auch Akim. Noch besser war nur Tibor. Beide sind Tarzan-Figuren. Nackt bis auf den Lendenschurz, unbewaffnet bis auf das Messer, mit einem mörderischen Bizeps.

Ich war der Tibor von Ostwestfalen. Der Akim von Kutenhausen. Ich war der Tarzan der norddeutschen Tiefebene. Ich rief die Elefanten herbei und erschreckte Gnus und Hyänen. Wie das klang, hatte ich bei Johnny Weissmüller und Ron Ely, den bis heute unerreichten Tarzan-Darstellern, in unserem ersten Grundig-Fernseher gesehen, gehört und gelernt: „Oooiiiaaa-iiiaooooh-iiiaah-iiioooh!"

Beim Tarzanschrei flüchteten Regenwürmer, Spatzen und Hühner vor mir. Die Käfer stoben zur Seite. Und aus dem Haus rief Tibors Mutter: „Bernd! Wenn du nich gliecks stille bist, denn gift datt watt. Watt schürt de Lüe denken? Ett is middach. De wellt schloapen!"

Nun hat allerdings Superman trotz aller Fähigkeiten ein Problem: seinen Bartwuchs! Superwoman, meine Mutter, übrigens nicht. Welche Klinge aber rasiert den Unzerstörbaren? Etwa Gillette? Die Rasierklingenfirma stellte zum 75. Geburtstag des Helden die große Frage im Internet: „How does he shave?" Impliziert war als Message: Nur Gillette schafft sogar die Stoppeln des Unzerstörbaren! Welch ein Irrtum! In deren Werbeabteilung arbeiten definitiv keine Comic-Kenner! Superman schaut nämlich in einigen Folgen mit seinem Laserstrahl in einen Spiegel und brennt sich mit dem reflektierten Strahl die Bartstoppeln weg. So viel zur Qualität guter Spiegel. Welche Blamage aber für Gillette. Man hätte für die Kampagne die Hefte auch mal lesen müssen! Intelligenz ist, wenn man weiß, wo es steht. Und über die Rasur von Superhelden stand wohl nichts in Wikipedia.

MOSES RUFT AN

Ich saß zu Hause, die Glotze lief. Ich hab durchgeschaltet. Kanne Tee. Mein Arzt hatte meine Leberwerte genommen und mir dringend zu einer Alkoholpause geraten. In diesem Moment klingelte mein Telefon.

Ich ging ran und sagte: „Tach auch, hier ist Bernd."

Eine fröhliche Stimme: „Hallo, hier ist der Mo."

Mo. Also Moses. Kein Witz. Wir kennen uns. Ist ja nicht mein erster Anrufer aus dem Himmel.

Ich sagte: „Moses – wie isses?"

Und er: „Na ja, ich muss doch etwas lachen über euer Grundgesetz."

„Was ist denn da dran lächerlich? Mit dem Grundgesetz haben wir die Nazizeit, haben wir die Nazi-Gesetze überwunden."

„Ja", sagte Moses, „das stimmt. Aber: 70 Jahre? Das ist doch noch kein Jubiläum!"

Ich sagte: „In Zeiten von Internet und Thermomix bilden die Verweilzeiten von Zivilisationstechniken nur noch kleinere Zeiträume ab."

„Bitte?"

Ich erklärte: „Erst verschwand das Tonband, dann die Toncassette, jetzt hat kaum noch einer einen CD-Player. Wir loaden down."

Darauf Moses: „Download – das wär's gewesen. Stattdessen musste ich diese schweren Tafeln den Berg runter schleppen. Ich hab heute noch Rücken. Ich meine, ihr könnt vor allem froh sein, dass inzwischen der Buchdruck erfunden wurde. Euer Grundgesetz, das sind zwar nur 19 Grundrechte, aber insgesamt 140 Artikel. Dazu die Paragraphen. Weißt du, wie schwer das auf Steintafeln wäre? Da hat die FDP aber nicht genug Mitglieder, um die alle zu tragen."

Ich sagte: „Das heißt, Moses, mehr als Zehn Gebote hättest du damals auch gar nicht schleppen können?"

„Na ja, die wesentlichen waren ja dabei."

„Was heißt das?"

„Na ja. Das ist ja alles lange her. Womöglich habe ich damals eine oder sogar zwei Tafeln oben stehenlassen ..."

Ich sagte: „Bitte?! Es waren mehr? Also vielleicht 15 oder sogar 20 Gebote?"

„Ja. Na ja! Und ich hatte mich auch verschrieben bei Gebot 13. Ich weiß gar nicht mehr, was das war. Aber Verschreiben auf einer Felstafel, das sieht echt doof aus. Gott hat aber auch so schnell diktiert. Ihr mit dem Grundgesetz dagegen, ihr habt Zeit gehabt."

Ich sagte: „Ja, die haben ausführlich diskutiert. 13 Tage dauerte allein der abschließende Konvent."

„Aber, Bernd, wer hat diskutiert? 61 Männer, aber nur vier Frauen. Obwohl, dafür ist das Grundgesetz ja ganz passabel geworden."

„Passabel, Moses? Mehr nicht?"

„Hör mal – euer Artikel drei: Alle Menschen sind vor dem Gesetz gleich."

Ich sagte: „Der ist doch super!"

„Ja", sagte Moses, „aber die katholische Kirche in Deutschland richtet sich überhaupt nicht danach."

Ich sagte: „Das müsste ich doch eher dir vorwerfen. Frauen im Katholizismus sind nämlich nicht gleich. Werden Frauen zum Priester geweiht? Dürfen sie segnen? Dürfen sie Sünden vergeben?"

Darauf Moses: „Ja, ich hab das Gott auch schon gesagt und nicht nur einmal: Nimm doch das Grundgesetz von denen einfach für unseren Katholizismus weltweit."

„Und?“

„Der Chef als Aussichtsratsvorsitzender ist absolut dafür! Aber er streitet noch mit dem Vorstand.“

„Bitte?“

„Mit Franziskus. Und der streitet mit Benedikt.“

Ich war erstaunt: „Benedikt? Der ist doch im Ruhestand.“

„Ja, aber der ist weiter Mitglied im Aufsichtsrat. Und da hätte ich ja gerne auch eure Merkel.“

„Unsere Merkel? Aber die ist doch evangelisch.“

„Egal. Die Frau handelt aus christlicher Nächstenliebe. Und ich war auch mal auf der Flucht. Jahrzehnte! Ich würde heute gerne jeden Tag für zwei Stunden das Mittelmeer teilen, damit die Flüchtlinge heil rüberkommen! Ganz im Sinne eures Grundgesetzes: Die Würde des Menschen ist unantastbar.“

Und dann hat er aufgelegt!

VIETNAM

Vietnam ist ein großartiges Land. Es gibt Nudeln zum Frühstück. Nudeln, die man sich dort morgens schon reinzuzelt, wie das sonst weltweit nur noch der Bayer mit seiner Weißwurst macht.

Wer will, kann auch europäisch frühstücken. Hier im Hotel Camilla ist das stark französisch geprägt. Es gibt auch Weißbrot und Brötchen. Grad kommt die junge Frau und legt Brötchen nach, die sie kleinschneidet. Sie schneidet quer zum Brötchen, so wie die Italiener Baguette schneiden. Aber diese junge Vietnamesin arbeitet mit einer Schere. Ich kann es kaum glauben. Ich frage sie, ob ich sie fotografieren darf. Ich darf. Ich habe jetzt ein Bild, auf dem eine Vietnamesin mit einer Schere Brötchen klein schneidet. Ich freue mich schon hier in Hanoi, demnächst zu Hause in Deutschland meine Frühstücksgäste mit vietnamesischen Gepflogenheiten überraschen zu können.

Vietnam ist ein Land zwischen vorgestern und übermorgen. Ein Land zwischen Aufbruch und Stillstand. Und Hanoi ist die Stadt der Mopeds. Es ist ein Glück, dass diese Millionen Vietnamesen ihre innerstädtischen Wegstrecken auf Mopeds und Fahrrädern und nicht mit dem Auto zurücklegen. Unser Guide Huong sagt, es gebe „three million people in Hanoi, and four million motorbikes."

„I have two motorbikes", fügt Huong grinsend hinzu.

Natürlich fragen wir: „Why do you have two?"

Weiter grinsend setzt er seine Pointe: „One for working, one for catching women".

Sobald man aus dem Hotel heraustritt, beginnt Verkehr. Und Verkehr ist hier in Vietnam mehr eine Sache des Gefühls als der Regeln. Da der Deutsche aber mehr ein Mensch des

Verstandes als der Emotion ist, sollte er sich fahren lassen und nicht selbst fahren wollen. Jedenfalls, wenn er Verstand hat. Aber auch das Gefahrenwerden in den Rikschas ist gewöhnungsbedürftig. Das Gewühl und Gewimmel ist nur zu vergleichen mit der Drängelei auf der Rennstrecke nach einem Formel-1-Start: Jede Position ist hart umkämpft.

Was hier auf Fahrrädern gestapelt transportiert wird, ist unfassbar. Ganze Schweine, in runden, geflochtenen Röhren. Körbe, um das Rad gehängt, gestapelt und aufgebauscht wie die Baumkronen 100 Jahre alter Kastanien und fast genauso hoch. So entstehen regelrechte Fahrradkugeln von mehreren Metern Durchmesser, sechs Meter lange Bambusstangen überragen den Lenker vorn, den Gepäckträger hinten, und bringen das Fahrrad auf LKW-Länge

Meine Lieblingsfahrradszene: Ich sitze in einem katholischen Gottesdienst, hier, in der Hanoier St. Josephs-Kathedrale. Eine Besucherin kommt mit ihrem Fahrrad mitten im Gottesdienst in die Kirche geschoben. Ich staune. Dann schließt sie das Fahrrad ungerührt am Kirchengestühl an, bevor sie betend niederkniet.

Ich sehe mich um und entdecke noch zwei weitere angeschlossene Fahrräder. Was sagt uns das über kriminelle Tendenzen beim Katholiken und in Kathedralen? Zumindest in Vietnam?

Ich werde oft angesehen, meistens angelächelt. Manchmal sogar angefasst. Für die Vietnamesen ist eine Glatze etwas schier Unvorstellbares. Alle tragen volles Haar, das sich übrigens gerade bei den Damen den meisten Färbungsversuchen erfolgreich widersetzt; so entstehen interessante Farbnuancen.

Vierter Tag in Hanoi. Ich spaziere um den Hoan-Kiem-See, ein täglicher Weg für mich. Ein Vietnamese ruft mir zu: „I know you!“

„Where do you know me from?“

„I see you every day walking around the lake. You are the man without hair!“

Dazu kommt mein Bauch. Für den Buddhisten ist es eine glücksbringende Handlung, einen Bauch zu berühren. Das ist für den europäischen Bauchträger gewöhnungsbedürftig. Wenn im dichten Fußgängergewühl oder an Bahnhöfen plötzlich eine Hand auf meinen Bauch gelegt wird, reagiere zumindest ich am Anfang schwer irritiert. Einerseits fürchte ich um mein Portemonnaie, andererseits muss ich, als alter Straßenkämpfer, mich sehr zügeln, nicht aus alter Gewohnheit mit Gegenwehr zu reagieren.

Ein spezielles Abenteuer ist das Essen. Auf Märkten fand ich Schlangen, lebende Frösche in unterschiedlichen Größen, bis hin zum Meerschweinchenformat, an einem Bein festgebunden, damit die Ware nicht in letzter Sekunde entspringt. Hunde, geschlachtet und als Spießbraten präpariert. Ein neues kulturelles Rätsel. Unser Guide Bao erklärte uns, wieso der Vietnamese Hund isst.

Das Wichtigste im Leben des Vietnamesen ist der Glaube. Allerdings ist der Vietnamese so clever, sich da nicht festzulegen, sondern mehrere Eisen im Feuer zu haben. Gerne werden die verschiedenen Angebote miteinander vermischt. Buddhismus. Konfuzianismus. Katholizismus. Animismus. Bei dem steckt, jetzt stark verkürzt, in jedem Ding und in jedem Lebewesen Gottheit. Gern also nimmt der Vietnamese von allem etwas. Eine Mischung aus Aberglaube und Spiritismus ist dominierend. Für die Vietnamesen gibt es Tage, die sind unglücklich, und andere sind glückliche. An unglücklichen Tagen versucht man, nichts Wichtiges zu machen, und man ist immer besorgt und achtet auf Zeichen für „good luck“ oder „bad luck“. Gutes Glück und schlechtes Glück. „Schlechtes

Glück" zum Beispiel bringen Katzen. Hunde bringen „good luck".

Wenn man lange einen Hund hatte und der abhaut, bedeutet das Pech. Läuft hingegen nach langer Zeit eine Katze weg, so bedeutet dies „gutes Glück". Jedenfalls ist mir das so erzählt worden.

Und wenn man Glück braucht, vor Prüfungen oder Ähnlichem, tritt der Vietnamese gern und mit Vorsatz in der Hoffnung auf gutes Glück in Hundescheiße. Demnach leben in Berlin die glücklichsten Menschen der Republik. Nirgends tritt man häufiger hinein! Und genau darum auch isst man den Hund: um sich das Glück quasi einzuverleiben. Möglichst einmal im Monat. (Was ich persönlich für eine Mindest-Glücks-Frequenz halte).

Hund hatte ich nicht, aber ich habe in Vietnam Dinge gegessen, von denen ich bis heute nicht weiß, was das war. Und ich möchte es bis an mein Lebensende auch nicht wissen!

KÖRPER UND SEELE (3) - GEHT'S NOCH?

Neulich sagte meine Seele: Ich würd gern mal wieder.

Mein Körper sagte: Ich hab aber keine Lust!

Meine Seele fragte: Wie? Du kannst nicht?

Mein Körper sagte: Ich will nicht!

Meine Seele sagte: Aber der freie Wille ist keine Sache des Körpers, sondern des Geistes.

Mein Körper fragte: Bist du sicher?

Meine Seele darauf etwas zerknirscht: Ich hoffe.

GEBROCHENES SCHWEIGEGELÜBDE

Andere wollen im Urlaub reden, ich schweige. Ich will da auch niemanden kennenlernen. Ich reise regelmäßig nach Gomera und war dort inmitten des wuseligen Valle Gran Rei ein erfolgreicher Eremit. Mehr als eine Bestellung im Restaurant, ein tageszeitgemäßes „Hola“ oder „Buenas Tardes“ gab es nicht von mir. Andere gehen zum Schweigen ins Kloster, ich reiste ins Valle. In all den Jahren hatte ich dort nie Freundschaften geschlossen, weder mit den deutschen Reisenden noch den dortigen Residenten. Mit keinem aus der Schar der Urlauber sprach ich mehr als unbedingt nötig. Ich fuhr hin, stieg auf zu den obersten Häusern von Calera und ging höchstens alle paar Tage runter zum Strand zu den Trommlern, die allabendlich die Sonne verabschieden.

Aber dann kam sie. Ich saß im „Descantillo“ und aß zu Abend, ich hatte ein Buch vor mir und hob nur kurz den Blick, als sie das Restaurant betrat. Sie schaute sich um und setzte sich mit dem Rücken zu mir. In diesem Moment wusste ich sofort: „Wenn du diese Frau nicht ansprichst, hast du in deinem Leben etwas verpasst.“ Heute, acht Jahre später, gibt mir jeder gemeinsame Tag Recht.

Das Ansprechen war kompliziert. Sie saß mit dem Rücken zu mir, ich konnte nicht einmal Blickkontakt aufnehmen. Mich überkam leichte Panik: Und wenn sie nun zahlte und ging? Ich stand auf, und die einzige Frage, die mir auf den zehn Schritten zu ihr einfiel, betraf einen kanarische Karnevalsritus: „Entschuldigen Sie bitte, aber wissen Sie, warum hier zum Ende des Karnevals die Sardine verbrannt wird?“

Ich sieze sonst nie. Niemand hier siezt irgendwen. Dazu eine Sardinenfrage. Darauf muss man erst mal kommen! Sie wusste es nicht, wollte aber auch kein Gespräch, das ich ihr von Alleinreisendem zu Alleinreisender freundlich anbot, mit dem Zusatz: „Soll jetzt keine Anmache sein!" Der Rest ist eine fast kitschige Liebesgeschichte, mit Liebesgedicht und allem drum und dran! Warum die Sardine verbrannt wird, weiß ich bis heute nicht, kenne aber inzwischen vier Theorien.

Mein Leben auf der Insel hat sich seither radikal verändert. Ich muss nun alljährlich mein Schweigegelübde brechen. Es gibt Freunde von ihr, die warten auf uns und unser Kommen. Ich möchte stumm sein. Genausowenig, wie ich geredet habe, bin ich früher gewandert. Nun habe ich einen erstaunlichen Fitnessgrad, denn sie wandert exzessiv. Aber selbst im Wald ist keine Ruhe. Sie hatte, schon bevor sie mich kannte, hier diverse Freundschaften geschlossen mit Wanderern und Residenten. Gemeinsam trampen sie zu den Waldwegen und lernen dabei neue Wanderer kennen, die wir dann am Abend wieder treffen. Die ehemals so wunderbar stumme Insel lärmt.

Geschwiegen wird nur noch, wenn abends im „El Palmar" Gloria mit Marcial auftritt. Gloria ist die Helene Fischer der Insel. 50 Jahre nach Woodstock sieht sie aus wie die Reinkarnation von Melanie Safka. „I got a brand new pair of roller skates – You got a brand new key." Einige frühere Fans von Melanie liegen Gloria hier zu Füßen. 73-jährige deutsche Gomera-Residenten, in der Hand Baumwollbeutel mit den Aufdrucken deutscher Supermarktketten, die tagsüber ihre Hahnenkämpfe beim Wettsteigen am Hausberg austragen – ich kann verlieren! – himmeln sie am Abend an wie einst Janis Joplin.

Die Musik ist hinreißend „authentisch", was vor allem bedeutet: zuckersüß. Palmhonigstyle. Das spanische Volkslied und der deutsche Schlager unterscheiden sich nur in der

Sprache, nicht im Ausdruck: „Tu mano“ reimt sich auf „yo te amo“. Die Steigerung lautet „mi corazón“ und „mi cancion“.

Wir setzen uns zu Matina und Iris, zwei sehr lebendigen, karnevalserprobten Krefelderinnen. Man kennt sich vom Trampen von vor drei Jahren, und nun treffen wir auch sie jährlich. Wir bestellen frittierten Käse mit Palmhonig und viermal „Gran Duque de Alba“ in Gläsern mit dem Fassungsvermögen eines Wischeimers, aber zum Preis eines deutschen Doppelkorns. Dann singt Gloria und dann endlich: Schweigen. Nur noch unterbrochen durch Applaus wie in Woodstock nach den Regenschauern. Waldesruh bis zum Schlusslied. Gloria haucht ein letztes „para La Gomera“. Ganz Helene Fischer. Riesenapplaus. Und noch mal vier Eimer Grand Duque de Alba. Dann wieder elegische Stille und andauerndes Schweigen. Das alles nur kurz unterbrochen von „La cuenta por favor!“ Dann wallfahren wir vier stumm auf den Hügel von Calera. Geht doch!

HERZEN AUF DIFFERENTEN WEGEN

Liebe, das ist der Gleichklang zweier Herzen. Man begegnet sich, entdeckt einander, findet sich, und ab da geht man gemeinsam den Lebensweg. Im Erotischen finden die Körper zueinander und erfüllen sich, im Kulinarischen finden die Geschmäcker zueinander und man füllt sich, im Kulturellen finden die Interessen zueinander und ergänzen sich. Man ist vereint in Weg und Ziel. Vor allem umgekehrt, in Ziel und Weg. Gibt es ein Ziel, teilt man den Weg. So müsste man die perfekte Beziehung beschreiben und eigentlich nicht nur die. Konfusion, der große ostwestfälische Weise, sagt: „Getrennte Wege sind ein sicherer Weg, um auseinanderzugehen."

Bei der Meinen und mir allerdings ist es anders. Wir haben bei jedem Ziel stets unterschiedliche Wege. Immer.

Miteinander zu tanzen ist das perfekte Symbol des gemeinsamen Weges zu Liebe und Ekstase, aber sie will sich partout nicht von mir drehen lassen. Der „Ostwestfälische Schieber", die Krönung des Paartanzes in meiner Heimatregion und weit populärer als Foxtrott und Walzer, erfordert Drehung und ein wenig Demut von ihr, wenn er sie dreht. Natürlich kann auch sie sich eindrehen. Aber doch bitte an Stellen, also in Schritten, wo es passt.

Sie sagt dann: „Du tanzt ganz komisch."

„Ich tanze nicht komisch, ich tanze richtig!"

Sie lächelte zweideutig: „Lass uns lieber auseinander tanzen."

Als wir das erste Mal nach der Wäsche Laken und Bettbezüge zusammen zusammenlegten, zeigte sich: Wo ich quer falte, faltet sie längs. Wo sie längs greift, greife ich quer.

Sie darauf: „Warum machst du das denn so komisch?"

„Das ist nicht komisch. So haben wir das immer gemacht."

„Wir?"

„Meine Mutter und ich! Für die Heißmangel."

„Aber das ist doch komisch?"

„Willst du mir sagen, meine Mutter legt ihr Leben lang die Wäsche komisch zusammen?"

Wir haben stets zwei Sichtweisen auf eine Sache. Sie kochte. Spargel mit Nudeln. Sie gab die Nudeln dazu, hielt dabei etliche zurück, sah meinen fragenden Blick und erklärte: „Es sind zu viele Nudeln!"

Ich sagte mit ostwestfälischer Entschiedenheit: „Zu viele Nudeln gibt es nicht."

Sie versuchte zu erklären: „Die versauen das Verhältnis von Spargel und Nudeln."

Ich verließ geschlagen die Küche. Am Ende war zumindest sie satt.

„Hat doch gepasst", sagte sie. „Oder hast du noch Hunger?"

Es gibt Situationen, in denen kann ich nicht ehrlich antworten.

Es ist absolut faszinierend. Wenn es zwei oder mehr Möglichkeiten gibt, wählen die Meine und ich garantiert nie dieselbe. Das war in den Anfangsjahren unserer Beziehung nicht einfach. Man denkt ja, man habe Recht, immer und vor allem bei allem. Also bei uns dachte vor allem sie, sie habe Recht. Ich war natürlich komplett erstaunt, wie jemand so bescheuert sein kann, es grad nicht so zu machen, wie ich dachte, dass es gemacht werden müsste. Sie umgekehrt war entsetzt und überlegte, wen sie sich da angelacht haben könnte, einen Mann, der so dämlich war, es auch nicht einmal so zu machen, wie sie es tat, sondern es auch wirklich jedes Mal anders zu tun.

Inzwischen haben wir das beide erkannt. Also, ich habe es erkannt. Ich weiß, dass es so ist. Ich habe an meinem Vater beobachtet, wie wichtig Toleranz und Diplomatie für das Gelingen einer Zweierbeziehung sind.

Inzwischen mache ich Dinge manchmal ohne Diskussion anders, als ich sie tun würde, also genau so, wie sie sie machen würde. Sie wundert sich darüber kein bisschen und sagt: „Ich hab das ja schon immer so gemacht. Ich freue mich aber, dass du das endlich auch eingesehen hast."

Als ich ihr diesen Text zur Prüfung vorlegte mit der Frage, ob ich den veröffentlichen dürfe oder ob ihr das zu persönlich sei, sagte sie: „Klar. Kein Problem. Es glaubt ja sowieso keiner, dass das wirklich stimmt. Die glauben ja alle, dass du das erfindest!"

DANK

Ich möchte mich herzlich bedanken für die zum Teil langjährige Zusammenarbeit und Unterstützung:

Viele der hier versammelten Texte erschienen zuerst als Kolumnen auf der Wahrheit-Seite der TAZ, redigiert von Michael Ringel mit sensibelstem Skalpell. War er außer Haus, erledigten das genauso präzise Harriet Wolff und Christian Bartel.

Die Anrufe von Prominenten aus aller Welt und aus dem Himmel sind in veränderter Form als Radio-Kolumne „Klingeling bei Gieseking" immer Donnerstagfrüh auf HR 1 gesendet worden. Sie können als Podcast nachgehört werden. Christian Maatje ist dort mein Redakteur, mit dem ich mit großer Freude zusammenarbeite.

Auch mein Jahresrückblick „Ab dafür!" war immer wieder Anlass für Texte, die hier veröffentlicht sind. Ein unverzichtbarer Begleiter aller Arbeiten und Berater in allen Belangen, auch bei diesem Buch, ist mein Agent Marco Ortu.

Zum Text „Ja, klar, ich bin schuld", der hier auch titelgebend ist, inspirierte mich Gerlis Zillgens im Rahmen unseres Kabarett-Programms „Hosen runter" über Irrungen und Wirrungen zwischen Frau und Mann.

Und jeder Besuch bei meinen Eltern in Ostwestfalen bietet reichlich Stoff für Geschichten. Ihnen verdanke ich ganze Bücher.

Ein Dank geht an Programmchefin Nici Heinrichs vom Lappan Verlag, an Dieter Schwalm und besonders Antje Haubner, die das Buch begleitet und umgesetzt hat, sowie Monika Swirski für die Gestaltung.

Dietmar Wischmeyer schrieb das sagenhafte und charmante Vorwort! Danke oder finnisch: Kiitos!

Applaus und Standing Ovations gehen an Heide und Jochen Malmsheimer für Blaubeerkuchen und Strom vom Generator mitten im schwedischen Wald, um die letzte Korrekturfassung pünktlich an den Verlag zu schicken.

Ein dicker Dank gilt meiner Lebensgefährtin Rita für jegliche Unterstützung (mindestens!) und dass sie es sogar erträgt, wenn ich selbst im Urlaub morgens schon mal aufspringe und noch ungeduscht eine Idee in die Tasten hacke. Manchmal ist sie auch handelnde Person und meint dann, sie käme „nicht so gut weg im Text!“ Ich versuche dann zu erklären, das sei nicht meine Schuld, sondern Kunst, Satire und Überhöhung. Sie sagt, ihre Freunde sähen das anders, und ich weiß daher wenigstens, dass ich Leser habe.

Veröffentlichungsnachweise

Einige der Texte wurden zuerst in Anthologien, Periodika oder auf CD veröffentlicht, auch hier Dank für jegliche Zusammenarbeit:

„Wandern im Digi-Tal" in „change-magazin.de" 2/2017, Magazin der Bertelsmann Stiftung

„Ostern in Hannover" in: „Häuptling eigener Herd", Edition Vincent Klink, Nummer 47, Hrsg. Vincent Klink, Wiglaf Droste

„Das Billy Regal" und „68 wird 50" auf: „Ab dafür Deluxe", Doppel-CD bei „Die Wortmeisterei"

„Ja klar, ich bin schuld" und „Romantik" auf: „Hosen runter", CD, WortArt

„Lyrik auf LKWs" auf: „Köpper vom Dreier", CD, WortArt

„Sonnenbrand und Mückenstiche" auf: „Abgeschleppt, ein Männerschicksal", CD, WortArt

„Aus meinem Künstlertagebuch" und „Wie ich einen Tag lang wirklich versuchte, nicht zu spät zu kommen" in: „fett & kursiv", Entenfußverlag, Hrsg. Georg Schnitzler

Bernd Gieseking ist Kabarettist und Schriftsteller. Als Autor arbeitet er für Hörfunk und Theater. Seit vielen Jahren ist er erfolgreich mit Solo-Kabarett-Programmen unterwegs, wo er u. a. seinen jährlichen satirischen Rückblick „Ab dafür!" präsentiert. Als Kolumnist ist er durch regelmäßige Veröffentlichungen in der *taz* und seine Radio-Rubrik „Klingeling bei Gieseking" auf HR 1 bekannt. Seine bislang veröffentlichten Bücher wurden über 70.000 Mal verkauft, am bekanntesten ist „Finne dich selbst!", ein Roadmovie als Reiseroman. 2019 erhielt er den Hille-Literaturpreis.